Vera Seda

Die Sklavinnen des Sexplaneten

Erotischer Roman

Blue Panther Books

BLUE PANTHER BOOKS TASCHENBUCH
BAND 2283
1. AUFLAGE: DEZEMBER 2018

VOLLSTÄNDIGE TASCHENBUCHAUSGABE
ORIGINALAUSGABE

LEKTORAT: NICOLA HEUBACH

COVER:
ALEXALDO @ DEPOSITPHOTOS.COM
SERGEYNIVENS @ DEPOSITPHOTOS.COM
VITANOVSKI @ DEPOSITPHOTOS.COM
SHAD.OFF @ DEPOSITPHOTOS.COM

UMSCHLAGGESTALTUNG: WWW.HEUBACH-MEDIA.DE
GESETZT IN DER TRAJAN PRO UND ADOBE GARAMOND PRO

PRINTED IN GERMANY
ISBN 978-3-86277-417-3
WWW.BLUE-PANTHER-BOOKS.DE

Die Sklavinnen des Sexplaneten

Gwenda spannte ihre Muskeln an, als das Spaceshuttle in die Atmosphäre des fremden Planeten eindrang. Sie fühlte die Metallfesseln, die sie an dem Sessel festhielten, nur zu genau. Noch immer konnte sie nicht fassen, was mit ihr geschehen war.

Man schrieb auf dem Planteten Erde, von dem sie hierher geschickt worden war, das Jahr 2533. Die Weltherrschaft führte ein strenges Regime, und Verbrecher wurden hart bestraft. Zu den schlimmsten Verbrechen gehörten das Töten anderer Menschen und das Entwenden von Medikamenten. Denn diese waren besonders wertvoll, da es immer weniger Ressourcen gab, sie herzustellen. Nur ganz reiche Menschen konnten sich solche leisten.

Frauen, die schwerwiegende Verbrechen verübt hatten, wurden besonders hart bestraft. Man vollstreckte das Todesurteil allerdings nicht auf der Erde, sondern die Frauen wurden dazu verurteilt, als Lustsklavinnen auf einem fremden Planeten, der von Soldaten bewohnt wurde, einem oder mehreren Soldaten zur Zucht seiner Nachkommen zu dienen. Sie hatten alle Rechte verloren. Offiziell sagte man, dass die Frauen ihr Schicksal gegen die Vollstreckung des Todesurteils eingetauscht hätten.

Aber das stimmte nicht, denn niemand in diesem Shuttle war gefragt worden. Man hatte sie hierher gebracht, auf die

Sitze gesetzt, daran fixiert und das Shuttle zum Planeten losgeschickt. Die Reise dauerte einige Zeit. Da man den Frauen Drogen verabreicht hatte, hatten sie einen guten Teil der unfreiwilligen Reise nicht mitbekommen. Es gab keine Wärter. Einige Frauen behaupteten sogar, dass das Spaceshuttle automatisch gesteuert wurde.

Gwenda wollte es nicht wissen. Sie dachte zurück an ihre Verurteilung und an den Mann, der sie vor Gericht gestellt hatte ...

Alles, wirklich alles, hätte sie für diesen Mann, der sie hierher geschickt hatte, gegeben. Um bei ihm bleiben zu dürfen, hätte sie jeden Schmerz ertragen, alles auf sich genommen und auch keine Arbeit gescheut, nur um ihn ab und zu – wenigstens aus der Entfernung – sehen zu dürfen. Aber er hatte andere Pläne mit ihr gehabt.

Als sie vor drei Wochen die leidenschaftlichste aller Nächte mit ihm zusammen verbrachte, hätte sie niemals gedacht, dass es ihre Abschiedsnacht von ihm war. Er hatte sie vor Jahren zur Sklavin gemacht. Drei Jahre hatte er dafür verwendet, sie auszubilden und sie zu seiner Lustsklavin erzogen, hatte sie nach seinen Bedürfnissen und Vorstellungen geformt. Er hatte sie gezwungen, ihre Vergangenheit zurückzulassen. Da sie keine Eltern mehr besaß und ihre Familie auf einem anderen Kontinent wohnte, war das nicht schwer gewesen, sie »verschwinden« zu lassen.

In seinem entlegenen Schloss, das auf einem riesigen Landgut stand, hielt er sie gefangen. Wochenlang sperrte er sie nackt im Keller ein. Gwenda war seiner Lust ausgeliefert. Er quälte sie mit Schlägen. Gleichzeitig lehrte er sie, den Schmerz zu ertragen und verwirklichte seine lustvollen Fantasien an ihr. Wenn er sie mit seinen Peitschen zeichnete, ertrug sie es stumm, um ihm zu gefallen. Nicht selten forderte er ihre

Tränen. Wenn Gwenda schließlich zusammenbrach, dann liebte er sie leidenschaftlich. Das war die höchste Auszeichnung für sie, denn sie war süchtig nach seiner Hand, nach seinen Berührungen, nach seinen Küssen, nach seinen Worten und seiner unvergleichlichen Stimme.

Sie hatte sich aus dem Verließ in seine Gemächer gedient. Sie verbrachte ihr Leben nackt neben ihm. Ansonsten kochte, wusch, putzte und arbeitete sie für ihn. Nur wenn er es ihr ausdrücklich erlaubte, durfte sie Kleidung tragen. Wenn er es wünsche, dann ertrug sie es auch, dass seine Gäste Spaß an ihrem Körper hatten. Ihr einziger Lebenssinn war es, Zufriedenheit in seinem Blick zu lesen.

Er legte großen Wert darauf, dass sie Männern, deren Geschlecht besonders gut ausgestattet war, diente. Es erregte ihn zu sehen, wenn Männer sie hart rannahmen und sie dabei aufs Äußerste dehnten und vor allem, wenn sie seinen sexbesessenen Freunden stundenlang dienen musste. Sie las es in seinen Augen, wie sehr ihn das erregte. Auch fühlte sie es, wenn er sie im Anschluss an diese Spiele zurückmarkierte. Es war unbeschreiblich intensiv. Letztlich machte er vor allen seinen Anspruch auf sie geltend und sie genoss es, sein Eigentum zu sein.

Sie ertrug es, dass er sie in ihrer letzten gemeinsamen Nacht besonders arg quälte, denn sie wollte seine Zufriedenheit. In dieser Nacht ging er äußerst brutal dabei vor. Er quälte sie bewusst, indem er sie mit der Faust fickte und betrachtete sie dabei eindringlich. Sie wusste sofort, dass er eine neue Aufgabe von ihr fordern würde, denn so eine harte Art hatte er ihr bis dahin nur ganz selten zugemutet. Gwenda hoffte, seine Ansprüche zu erfüllen und dachte daran, dass er sie einer neuen Männergruppe vorstellen würde. Aber das war nicht seine Vision.

In der Nacht vor drei Wochen schlug er sie wie immer, aber unvergleichlich härter. Er wirkte irgendwie verzweifelt. Sie hatte ihn nach allen Regeln, die er sie gelehrt hatte, verwöhnt und kein Laut war von ihren Lippen gekommen. Stumm ertrug sie Peitschen, Klemmen und den Stock. Als er sie danach noch sieben Männern vorwarf, diente sie auch dann stumm. Und als er sie widerholt mehrmals hart fickte, wusste sie, dass er sich um etwas sorgte. Längst hatte er die Männer weggeschickt, doch er beschäftigte sich trotzdem noch stundenlang mit ihr. Es war schmerzhaft. Doch sie genoss seine ganze Aufmerksamkeit. Welche Ehre für eine Sklavin! Und irgendwann schien er endlich zufrieden zu sein. Der Tag war bereits angebrochen, als er sich von ihr zurückzog. Sie kniete stumm vor ihm, um seinen nächsten Wunsch zu empfangen.

»Du bist eine würdige Dienerin«, sagte er. »Ich bin stolz auf dich. Heute ist der Tag, an dem ich dich in deine Bestimmung entlassen werde. All deine Abrichtung hatte nur einen Zweck: Du wirst einem anderen männlichen Wesen zugeführt werden und wirst dich von ihm so lange begatten lassen, bis du sein Kind trägst. Dann wirst du dieses Kind bekommen.« Er beobachtete sie.

»Herr«, flüsterte sie, »ich bin unfruchtbar.«

»Nein, das bist du nicht. Ich habe dich mit Hormonen behandelt und dir keine Befruchtung durch meinen Samen erlaubt. Ab jetzt werden dir andere Hormone zugeführt werden. Dann wirst du schwanger werden.«

»Wenn Ihr das wünscht, Herr, werde ich diesen Dienst für Euch tun.«

»Du wirst alles, was du gelernt hast, brauchen. Ich dulde nicht, dass du deine Beherrschung verlierst. Ich würde es nicht ertragen, würdest du diese Paarung nicht würdevoll über dich ergehen lassen. Ich habe dich speziell für diesen Dienst ausgebildet. Enttäusche mich also nicht!«

Sie beugte ihren Kopf zum Boden und küsste seine Füße. »Alles, Herr, alles, was Ihr wünscht, werde ich für Euch tun.« Sie begann zu zittern.

»Willst du nicht wissen, was dich erwartet?«, fragte er.

»Wenn Ihr es wünschst, dann werdet Ihr mich in Kenntnis setzen«, antwortete sie leise. Angst schnürte ihre Brust zu. Wohin würde er sie schicken?

»Du bist gehorsam, das reicht. Und du wirst tun, was man von dir verlangt. Mehr brauchst du nicht zu wissen«, entschied er.

»Darf ich Euch wiedersehen, Herr?«, fragte sie hoffnungsvoll.

»Nein, du wirst mich nie wiedersehen. Deine Schulung ist vorbei. Ertrage alles zu meinen Ehren, erdulde alles, was man von dir verlangt. Widersprich nicht dem, der dich begatten wird. Wenn du ihm gefällst und wenn du seinen Samen austragen kannst, wirst du ihm mehrere Kinder schenken. Er wird wenige Gefühle zeigen. Seine sexuellen Wünsche werden animalisch sein und er wird keine Rücksicht darauf nehmen, ob er dir Schmerzen zufügt oder ob dir seine Paarung Lust schenken wird. Er wird dich mit seinem Riesengeschlecht aufspießen, sich mit dir paaren, bis du befruchtet sein wirst. Dann wird man dich in einen geschützten Bereich bringen, wo du das Junge austragen wirst. Wenn du das kannst, wird man dich immer wieder von ihm schwängern lassen, so lange, wie dein Körper es zulässt. Danach hast du deinen Dienst erfüllt.«

»Wohin werde ich gebracht werden?«, wollte sie wissen.

Er sah sie an und schwieg. Dann drehte er sich um und ging zur Tür. Kurz zögerte er, wandte sich ihr wieder zu und sagte: »Im Schrank ist Kleidung für dich. Ich war mit deinem Dienst sehr zufrieden. Diene mir auch in deinem nächsten Lebensabschnitt, dann hast du den Sinn deines Daseins erfüllt. Leb wohl, Sklavin. Ertrage Pein auch künftig so tapfer wie bis jetzt. Davon, dass du deinen Dienst gut machen wirst, zu hören, wird mich mit Stolz erfüllen.«

Dann ging er.

Sie blieb allein zurück. Wenn ihr Körper schmerzte, so war das nichts im Vergleich dazu, was sie in ihrer Seele fühlte!

Wie automatisch gesteuert holte sie sich die Kleidung, zog sie an und wartete. Nach kurzer Zeit kamen Polizisten, packten sie und brachten sie weg.

Tatsächlich stellte man sie vor Gericht. Der Kläger war ihr Herr. Er klagte sie an, ihn bestohlen zu haben. In ihrem Zimmer, das sie laut seinen Aussagen seit vielen Jahren als Putzmädchen bewohnt hatte, hätte er Medikamente gefunden. Auch solche, die süchtig machten. Als der Richter sie fragte, ob sie sich der Tat schuldig bekenne, sah sie ihrem Herrn in die Augen, als sie ihre Schuld bestätigte. Seine Zufriedenheit war die letzte Belohnung, die sie von ihm erhielt.

Man wollte sie zur Zwangsarbeit auf einen anderen Planeten schicken. Entsetzt blickte sie zu ihrem Herrn. Der nickte ihr kaum merkbar zu. Das war also der Weg, den er für sie bestimmt hatte. Leise sagte sie, dass sie mit der Strafe einverstanden wäre und dass sie diese zur Sühne ihrer Tat annehmen würde, die sie aus tiefstem Herzen bereute.

Dann brachte man sie in eine Zelle, eine Einzelzelle. Die Soldaten vergnügten sich dort mit ihr und Gwenda ertrug alles stumm, auch, dass man sie mit großen Gummiknüppeln missbrauchte.

»Wir tun dir nur einen Gefallen, glaub mir, Mädchen«,

sagte einer von ihnen, der sie mit einem großen Gummiteil vergewaltigte. Zum Schluss fickte er sie mit der Faust.

»Du wirst gern an unsere Behandlung zurückdenken, denn das, was dich erwartet, ist viel größer, Puppe«, sagte der Soldat.

Gwenda war froh, als es vorbei war.

Nach drei Wochen setzte man sie in ein Spaceshuttle, wo sie auf den Sitz gefesselt wurde. Zusammen mit vierundzwanzig weiteren verurteilten Frauen brachte man sie von der Erde weg.

Die Landung war erfolgreich.

Alle Frauen warteten darauf, dass man sie losmachen würde. Aber sie blieben gefesselt. Kurz nach der Landung wurde die Tür aufgerissen und bewaffnete Riesen stürmten in das Flugzeug. Die Fesseln öffneten sich plötzlich automatisch und die meisten Frauen sprangen von ihren Sitzen, versuchten, aus dem Spaceshuttle zu flüchten. Doch sie hatten keine Chance. Die Soldaten waren schneller und fingen sie ab. Ihre Schreie hallten nach.

Gwenda hatte sich nicht bewegt. Es war ihr sinnlos erschienen, denn es war klar, dass diese Männer sie abholen würden. Ihr Herr hatte ihr befohlen, nie ihre Beherrschung zu verlieren. Das würde sie versuchen. Auch wenn diese Riesen ihr Angst machten. Denn diese Soldaten waren viel größer als die Menschen auf der Erde.

Vier Frauen saßen noch bewegungslos auf ihren Sitzen, und die vier für sie vorgesehenen Soldaten kamen langsam auf sie zu. Je ein Soldat stand nun vor einer Frau.

Gwenda sah zu dem Soldaten, der zu ihr gekommen war, auf. Er hatte langes schwarzes Haar, das ihm über die Schultern hing. Seine Gesichtszüge waren kantig, seine Augen funkelten wie Kohlen. Sie hatte Angst vor diesem

Mann. Es gelang ihr kaum, das Zittern zu verbergen, das ihren Körper befiel.

»Du wirst mit mir kommen«, befahl der Mann.

Gwenda nickte stumm und erhob sich.

Die anderen Frauen waren auch aufgestanden und von den Männern gepackt und abgeführt worden.

Als der Soldat, der vor ihr stand, nach ihr greifen wollte, sagte sie rasch: »Das ist nicht nötig. Ich werde mich Eurem Befehl nicht widersetzen. Auch werde ich nicht zu fliehen versuchen. Wo sollte ich denn auch hin?«

Er sah ihr in die Augen, dann trat er zurück und nickte. »Dann komm.«

Sie ging vor ihm aus dem Shuttle. Draußen lief sie neben ihm.

Er brachte sie in eine Klinik und blieb bei ihr, bis sie zur Untersuchung aufgerufen wurde. Er war dabei, als man sie sich ausziehen ließ, sie auf einem gynäkologischen Stuhl zwang und sie lange untersuchte, während sie weit geöffnet vor dem Arzt lag, der seine Finger immer wieder tief in sie hineinbohrte.

»Leicht erregbar, nach wenigen Stößen nass, überraschend eng, scheint gut dehnbar zu sein. Spuren von einer Vergewaltigung, wahrscheinlich durch mehrere Männer. Die Verletzungen sind noch sichtbar, aber schon fast abgeheilt ...«, kommentierte er das Ergebnis seiner Untersuchung. »Nimmt vier Finger leicht auf«, sprach er weiter.

Gwenda hörte das schmatzende Geräusch, das seine Untersuchung verursachte, als er seine langen Finger in sie trieb. Er fickte sie mit den Fingern einer Hand. Gwenda zitterte, als ihr Blick auf den Soldaten fiel. Das, was sie in seinen Augen las, war pure Gier nach ihrem Körper.

»Wirst du sie schwängern?«, fragte der Arzt den Soldaten.

»Ja«, knurrte dieser.

»Ich habe Narben auf ihrem Rücken gesehen, sie dürfte mit der Peitsche vertraut sein. Aber schlag nicht zu fest zu. Ihre Haut ist zart«, meinte der Arzt.

Der Soldat knurrte, nickte aber.

Gwenda wollte aufspringen und davonlaufen. Dieser Mann würde also ihr neuer Herr sein. Dieser Riese würde sie ...

»Wenn du magst, nimm gleich hier ihren Geruch auf«, sagte der Arzt und trat einen Schritt zurück.

Der Soldat ging zu ihr und stellte sich zwischen Gwendas weit gespreizte Schenkel. Er beugte den Kopf zu ihrer Scham. Gwenda fühlte seinen Atem, bevor seine Lippen ihre Scham berührten. Sie sog entsetzt die Luft ein. Ein Zittern erfasste ihren Körper, ohne dass sie es hätte verhindern können. Doch da fühlte sie seine Zunge, die über ihre Scham leckte. Diese zarte Berührung traf sie wie ein Stromschlag. Geräuschvoll keuchte sie auf. Seine Finger teilten ihre Schamlippen und öffneten sie für seinen gierigen Mund. Sie spürte, dass seine Zunge tief in sie eindrang und ihren Saft kostete. Es war eine ungewohnte Erfahrung, dass die Zunge eines Mannes so tief in sie eindringen konnte. Dann waren es seine langen Finger, die sie dehnten und ungewöhnlich tief in sie eindrangen. Seine Berührung war nicht brutal, und er schien zu wissen, wie er sie berühren und dehnen musste.

Innerhalb kürzester Zeit war sie nass und sehnte sich danach, von diesem Mann benutzt zu werden. Wieder hörte sie das schmatzende Geräusch, das seine Bewegung verursachte. Seine Lippen widmeten sich ihrer Klitoris, während er mit vier seiner Finger in sie eindrang. Gwenda erkannte, dass er ihre Lust wollte. Sie gab sich seiner Gier hin, ließ es zu, dass ihr Körper reagierte und wehrte sich nicht gegen die Lust, die sich in ihr aufbaute.

Sie kam mit einem langen Aufschrei und schleuderte ihren Saft in den Mund des Soldaten.

Der stöhnte gequält auf.

»Verdammt«, lachte der Arzt. »Die ist ja heiß. Geht ab wie eine Rakete.« Er lachte und klopfte dem Soldaten auf die Schulter. »Magst du sie gleich ...?«

Gwenda wimmerte. Würde sie hier vor dem Arzt ...

»Nein, bitte«, hauchte sie und schloss die Augen.

»Sklavin, du hast kein Recht, dich gegen den Wunsch deines Herrn zu stellen«, klärte der Arzt sie auf.

»Verzeihung«, flüsterte Gwenda und hielt die Augen geschlossen. Sie konnte es nicht ertragen, einem dieser Männer in die Augen zu sehen. Ob ihr Herr gewusst hatte, wie es hier sein würde? Nein, nicht das volle Ausmaß, wurde ihr klar. Der Grad dieser Unterwerfung war auf der Erde nicht bekannt.

Sie hatte den gierigen Blick des Soldaten gesehen. Er würde sie hier ...

»Ich will sie in meinem Haus haben«, hörte sie die tiefe Stimme des Soldaten, »und in den nächsten Stunden auf keinen Fall gestört werden!«

»Wenn du mich für eine medizinische Versorgung brauchst, lass es mich wissen«, grinste der Arzt.

Gwenda wurde losgemacht und auf die Beine gestellt. Sie zitterte so stark, dass sie fast umgefallen wäre. Doch die großen Hände des Soldaten hielten sie, bevor sie stürzte.

»Es gefällt mir, wenn du weiche Knie hast, wenn ich dir einen Höhepunkt abgerungen habe, Sklavin«, lachte er. »Du wirst von mir von einem Höhepunkt zum nächsten geritten werden und ich will es hören, wenn du ihn erreichst. Wage es nicht, mir deine Schreie vorzuenthalten. Magst du noch so beherrscht sein, wenn du bei mir liegst, wirst du mir alles geben. Deine Lust, deinen Körper, deine volle Aufmerksamkeit, den Schmerz, den ich von dir haben will und all deinen Gehorsam, zu dem du fähig bist.«

Gwenda nickte nur, weil sie ihrer Stimme nicht traute. Das, was ihr dieser Mann mitteilte, hieß, volle Inbesitznahme ihrer Person. Aber war sie dazu nicht erzogen worden? War es nicht das, was sie gern geben wollte? Alles von sich an ihren Herrn zu verschenken?

Als sie nach ihrer Kleidung greifen wollte, hielt der Soldat sie zurück.

»Du wirst mir nackt folgen. Kleidung steht dir als Sklavin grundsätzlich nicht zu. Du wirst nur Kleidung tragen, wenn ich das wünsche«, verlangte er. Auf ihren fragenden Blick fügte er hinzu: »Das ist eines der Zeichen, dass du für mich bestimmt bist. Ich habe nun deinen Geruch aufgenommen, und damit werde ich dich überall finden. Das letzte Zeichen wirst du empfangen, wenn wir dieses Haus verlassen.«

Gwenda folgte ihm schweigend und, wie er es verlangt hatte, nackt. Sie verließen die Klinik und gingen zu einem Platz, auf dem die anderen Soldaten Gwendas Mitgefangene gebracht hatten. Diese waren ebenfalls nackt, kauerten auf dem Boden und jammerten. Manche weinten, andere schrien. Gwenda wurde zu einem Metallpfeiler gebracht, an den man sie fixierte. Der Pfeiler ragte aus dem Boden. An ihm wurde sie, mit den Händen nach oben, angekettet.

Gwenda fühlte Panik in sich aufsteigen. Sie ahnte, dass ihr nun Schmerz zugefügt werden würde. Sie zwang sich zu ruhigem Atmen. Oft hatte ihr Herr ihr in jeder Einzelheit beschrieben, wie er ihr Schmerzen zuzufügen wollte und es dann langsam und intensiv getan. Er hatte sich an ihrer Angst geweidet und sie oft Tage davor auf diese Weise zu quälen begonnen. Aber sie erinnerte sich auch daran, wie es ihr gelungen war, mit dieser Angst fertig zu werden.

Der Soldat, der sie für sich beanspruchte, trat zu einem Mann, der an einem Tisch saß und ein großes Buch vor sich liegen hatte.

»Gondol«, sagte der Soldat, »ich beanspruche die Sklavin Gwenda als mein Eigentum. Mit ihrer Kennzeichnung geht sie in meinen Besitz über.«

»Es ist eingetragen, wie du es wünschst«, nickte dieser und lächelte den Soldaten an. »Ihr seid die Letzten. Es sind sehr schöne Frauen, die heute hierher geschickt worden sind. Aber deine Sklavin ist mit Abstand die schönste. Ich freue mich mit dir, Bruder.«

Langsam kehrte der Soldat zu seiner Sklavin zurück, die das Zittern ihres Körpers nicht verbergen konnte. Er umkreiste sie und blieb hinter ihr stehen.

»Du bist nun mein Eigentum. Durch deine Straftat, die du auf dem Planeten Erde verübt hast, hast du alle Rechte verloren. Ich darf mit dir verfahren, wie es mir gefällt«, hörte sie die tiefe Stimme des Soldaten hinter sich.

»Ja, Herr«, stimmte sie leise, aber für alle gut vernehmlich, zu.

»Du wirst ab heute mein Zeichen tragen, das ich dir jetzt auf deine Schulter brennen werde«, sagte der Soldat.

Gwenda gelang es, nicht aufzuschreien oder um Gnade zu winseln. Sie dachte an ihren Herrn auf der Erde und wünschte, er könnte sie jetzt sehen.

Also wartete sie auf den Schmerz, indem sie den Kopf auf die Seite drehte und den Soldaten beobachtete, der ein Brandeisen aus einem Ofen holte. Er trat zu ihr und sah ihr in die Augen.

»Es wird wehtun«, brummte er.

Beinahe wirkte es so, als wollte er sich bei ihr entschuldigen.

Sie nickte und fühlte Wärme, bevor der Schmerz sie traf.

Es zischte. Sie roch verbranntes Fleisch. Gwenda biss auf ihre Lippen, um nicht zu schreien. Doch sie konnte nicht verhindern, dass ein Laut über ihre Lippen kam, der ihre Qual verriet. Tränen liefen über ihre Wangen und tropften auf ihre Brüste. Sie fühlte Kälte. Tatsächlich Kälte. Etwas Kaltes wurde auf ihre neue Wunde gedrückt. Sie stöhnte. Der Schmerz ließ nach.

»Danke, Herr«, brachte sie mühsam hervor.

Der Soldat blickte ihr in die Augen, während er ihre Wunde kühlte.

»Du bist tapfer, Sklavin«, sagte er. »Das gefällt mir.«

Dann wurde sie losgemacht. Sie schaffte es, dem Soldaten zu folgen. Obwohl ihre Beine sie kaum tragen konnten, ging sie hinter dem Mann her, dem sie nun gehörte. Ihre Vergangenheit war unbedeutend. Die Zukunft lag in den Händen dieses Mannes.

Sie liefen eine ganze Weile. Als er merkte, dass sie langsamer wurde, drehte er sich zu ihr um.

»Ich dulde nicht, dass du trödelst«, knurrte er.

»Verzeiht«, flüsterte sie.

Da bemerkte er ihr Zittern.

»Verdammt«, sagte er, hob sie auf die Arme und trug sie weiter. »Warum hast du nicht gesagt, dass du nicht mehr kannst?«

»Ich kann ja noch«, sagte sie leise. »Nur nicht so schnell.«

»Es wird Zeit, dass wir in mein Haus kommen, denn ich will dich endlich besitzen.«

Dass sie bei seinen Worten noch mehr zitterte, gefiel ihm ausgesprochen gut.

»Du bist durchaus tapfer«, sagte der Soldat anerkennend. »Ich kann deine Angst riechen, doch du wehrst dich nicht gegen mich. Du wirst nicht hysterisch, wenn ich dich ein wenig quäle und du versuchst nicht zu fliehen. Dein Herz rast vor Furcht, doch du verlierst nicht die Beherrschung. Du bist ein erstaunlicher Mensch.«

Gwenda senkte den Blick. Dieses Lob hatte sie nicht erwartet. Da ihr bisheriger Herr sie kaum gelobt hatte, wusste sie nicht, wie sie es ertragen konnte, gleich am ersten Tag von ihrem Herrn auf diese Weise wertgeschätzt zu werden.

»Ich will alles tun, um Eure Zufriedenheit zu erlangen, Herr«, hauchte sie.

Er nickte. Ja, das würde sie tun. Das wusste er. Sie hatte ihn als ihren Herrn angenommen. Was war er doch für ein glücklicher Mann!

»Wurdest du von mehreren Männern bestiegen?«, fragte er plötzlich.

Sie nickte, weil sie ihrer Stimme nicht traute.

»Hast du dich ihnen angeboten?«

»Ich ... es waren Soldaten ... nachdem ich verurteilt worden war ...«, gab sie zu.

»Gegen deinen Willen?«

»Ja«, bestätigte sie. »Aber nach der Verurteilung hatte ich ja jedes Recht verloren. Das ist scheinbar auf dem Planeten Erde genauso wie hier.«

»Du warst bereits einem von uns zugeteilt. Sie hatten kein Recht mehr dazu«, stellte er klar.

»Sie sagten, sie würden mich ... vorbereiten und mir lediglich einen ... Gefallen erweisen, wenn sie mich auf den Einsatz hier auf sexuelle Weise benutzen würden.«

»Einen Gefallen?«, fragte er verwirrt.

»Weil ich einem Riesen vorgeworfen würde, der ... so groß sein würde, dass ich ihn nicht würde ertragen können. So haben sie mich mit der Faust gedehnt.«

»Ich werde Meldung machen. Diese Menschen sollen für dieses Vergehen bestraft werden«, knurrte er voller Zorn.

»Niemand wird sie bestrafen, Herr, weil sie sich an einer Rechtlosen vergriffen haben. Auch für euch hier bin ich eine rechtlose Sklavin«, erinnerte sie ihn. »Als Rechtlose steht mir keine Verteidigung zu. Ich nehme an, Ihr wisst das.«

Sie bemerkte, dass er jetzt schneller ging.

»Ich kann wieder gehen«, sagte sie.

»Ich will aber nicht mehr länger auf die Vorzüge deines Körpers warten«, gab er mit einem Lächeln zu.

Es machte sein Gesicht weicher und entlockte Gwenda ebenfalls so etwas wie ein kleines Lächeln.

Er bog in eine Gasse. Dann stellte er Gwenda vor einer Haustür ab. Mit dem Daumen drückte er auf einen Scan und die Tür sprang auf.

Im Hausinneren programmierte er den Abdruck von Gwendas Daumen in die Anlage, damit sie das Haus betreten und verlassen konnte.

»Wann hast du dich das letzte Mal gesäubert?«, fragte er. Sein Atem ging abgehackt.

»Bevor wir das Shuttle betreten hatten, mussten wir duschen«, erzählte sie.

Er nickte und schob sie weiter durch das Haus, bis sie zu einem Badezimmer kamen. Er zeigte auf die Dusche.

»Säubere dich hier und bereite dich darauf vor, bei mir zu liegen«, verlangte er.

Sie trat in die Dusche und ließ warmes Wasser über ihren Körper laufen. Das fühlte sich herrlich an. Das warme Wasser beruhigte ihre angespannten Muskeln. Gwenda nahm die Seife, die bereit lag, seifte sich ein, streichelte über ihre Brüste und beobachtete den Soldaten, der ihr dabei zusah, wie sie sich wusch. Sie reinigte ihre Scham, spülte die Seife ab und trat aus der Dusche. Der Soldat reichte ihr wortlos ein großes Tuch, mit dem sie sich abtrocknete.

Danach schob er sie in einen anderen Raum. Sie sah ein großes Bett und wusste, dass er sie jetzt ihrer Bestimmung zuführen würde.

»Du hast bereits mit Männern geschlafen«, sagte er mit rauer Stimme. »Dir ist also nicht fremd, was ich will.«

Er beobachtete sie.

Sie kniete sich vor ihn. »Ich bin bereit, Herr.«

»Du bist sehr ... devot«, stellte er fest.

»Ich wurde zur Sklavin erzogen.«

»Wie lange?«, wollte er wissen. Ja, das musste wohl so sein. Sie hatte das Dasein einer Sklavin gelernt.

»Drei Jahre lang, Herr.«

»Von wie vielen Männern?«, fragte er und entkleidete sich.

»Von einem Meister, dessen Name ich nicht kenne.«

Sie bewunderte seine Muskeln, die er mit jedem Kleidungsstück, das er ablegte, präsentierte.

»Ich bin dominant orientiert«, sagte er. »Der Unterschied zu euren Männern ist, dass sie eher zart gebaut sind und weniger durchhaltend ficken, als wir hier.«

Sie sah ihn verständnislos an. Da schob er seine Shorts zu den Knien und sie keuchte überrascht auf. Seine Männlichkeit sprang ihr dick und lang entgegen. Dieser Mann war mehr als bereit, in sie einzudringen.

»Die Männer haben dir tatsächlich einen Dienst erwiesen, wenn sie dich mit der Faust gedehnt haben«, sagte er rau. »Seit ich dich auf dem Untersuchungstisch gesehen habe, wollte ich meinen Schwanz in dich hineinstoßen. Das werde ich jetzt endlich tun, Sklavin«, sagte er mit gepresster Stimme.

Er sah, dass sie ihre aufkeimende Panik unterdrückte.

»Ich wollte nicht, dass der Spanner von Arzt sieht, wie mein Schwanz in dir eintaucht, obwohl er uns gern zugesehen hätte«, sagte er.

»Ich ... ich bin nicht sicher, ob ich Euch ... aufnehmen kann«, stotterte Gwenda.

»Das werden wir herausfinden.«

Er betrachtete sie eine Weile. Dann fragte er: »Wirst du dich wehren? Ich könnte dich fesseln.«

»Ich wünsche nichts mehr, als mich in Eure Hände zu begeben, Herr«, sagte sie. »Wenn Ihr mich aber fesseln wollt, weil es Euch mehr Lust bereitet, so will ich es gern annehmen. Alles, was zur Förderung Eurer Lust dient, will ich geschehen lassen.«

Er nickte. »Leg dich auf das Bett und biete dich mir an.«

Sie ging zum Bett, legte sich darauf. Während sie ihre Beine öffnete, sah sie ihm in die Augen.

Er beobachtete, wie sie mit zitternden Fingern ihre Schamlippen spreizte und ihr Becken bewegte. Das war zu viel für ihn. Nur einen Wimpernschlag später erreichte er das Bett und war über ihr. Seine Hände packten ihre Schenkel und drückten sie weiter auseinander. Sein Mund nahm ihre Scham in Besitz und er leckte sie, bis sie wimmernd kam. Er beobachtete, wie ihre Scheide sich zuckend zusammenzog. Wie mochte es sich anfühlen, wenn sich diese Muskeln um seine Männlichkeit herum bewegten?

Noch einmal zwang er ihr mit Lippen und Fingern einen Orgasmus ab. Er beobachtete die Frau, die sich vor ihm lustvoll wand. Sie hielt nichts vor ihm zurück, ließ zu, dass er über ihre Lust verfügte. Ihr Duft machte ihn fast verrückt und er wusste, dass er sich nicht länger würde zurückhalten können.

Mit einer raschen Bewegung schob er sich über sie.

Sie fühlte sein Glied an ihrer Pforte. Er sah, dass ihr Puls raste und dass Tränen in ihren Augen glänzten.

»Ich kann dir nicht versprechen, dass ich mich zurückhalten werde«, flüsterte er.

Sie dachte an ihren Herrn. Er sollte stolz auf sie sein. Sie wünschte, er würde sehen, wie sie ihm diente, indem sie sich diesem Fremden hingab.

Sie nickte ihm zu.

Er rammte sein Riesenglied in ihre Enge. Ihr langgezogener Schrei begleitete die Muskelzuckungen ihres nächsten Höhepunktes. Er keuchte, denn ihre Enge setzte ihm zu, noch mehr aber ihre Zuckungen.

»Zwei Faktoren musst du erfüllen, um mir zu gehören«, stöhnte er mühsam, als er sie ausfüllte, sich jedoch nicht bewegte, um ihr Zeit zu geben, sich an seine Größe zu gewöhnen. »Das eine ist die Größe meines Geschlechts, mit der du es offensichtlich aufnehmen kannst. Das ist sehr erfreulich, Sklavin. Das zweite ist die Ausdauer. Ich werde dich jetzt mindestens zwei Stunden begatten. Das reicht dann für heute. Wir können das später ausbauen, bis du meiner Ausdauer gewachsen bist.«

Sie gab einen Laut von sich, den er nicht deuten konnte. Doch es war ihm egal. Er wollte diese Sklavin ficken, seit er sie gesehen hatte. Und jetzt würde er es tun!

Er rammte sich erbarmungslos immer wieder in ihre Enge. Ihre stöhnenden Laute, mit denen sie ihn erfreute, steigerten seine Lust. Sich zurückzuziehen, um erneut in sie einzudringen, wurde Sinn seines momentanen Lebens. Er fokussierte seine Lust zum Daseinsmittelpunkt. Tief drückte er sich in sie. Und sie nahm ihn tatsächlich ganz in sich auf. Das hatte noch nie eine Sklavin bisher geschafft. Nur speziell ausgebildete Huren waren dazu fähig gewesen. Seine Hoden berührten ihren prallen Po. Dieser Reiz erregte ihn.

Immer wilder rammte er sich in sie. Erneut rang er ihr einen Orgasmus ab, den sie mit spitzen Schreien bezeugte. Er änderte die Stellung, nahm sie von hinten, bewunderte das Löchlein, das seinen Prügel aufnahm und in das er sich ganz versenkte. Ihre Zuckungen nahm er auf diese Weise noch besser wahr. Er fühlte, dass sich seine Hoden zusammenzogen. Sein tierischer Sexualtrieb war erwacht. Er beugte sich vor, um die Sklavin in den Nacken zu beißen, während er seinen Samen in ihren Schoß jagte. Sie kam zusammen mit ihm.

Doch er war nicht fertig mit ihr. Er legte sich auf sein Bett und zwang sie auf seinen Schwanz, der hart blieb. Sie ritt ihn gehorsam, obwohl er in dieser Stellung noch tiefer in sie eindrang. Er roch ihren Schmerz. Erstaunt nahm er wahr, dass sie ihn mit heftigen Bewegungen ritt, ohne den Schmerz zu beachten. Immer wilder wurde diese leidenschaftliche Vereinigung, bis er sich erneut tief in ihr verströmte. Die Sonne war längst untergegangen, als er endlich von ihr ließ. Erschöpft rollte sie sich zusammen und schlief sofort ein.

»An deiner Ausdauer werden wir arbeiten müssen, Sklavin«, knurrte er. Aber er war zufrieden. Sie hatte ihn befriedigt. Sie hatte ihn tatsächlich befriedigt wie keine Sklavin zuvor, die er im Freudenhaus aufgesucht hatte, um seine Lust auszuleben.

Aber diese Sklavin hier hatte auch seinen Hunger geweckt. Er würde seinen Urlaub von den Kampfeinsätzen genießen. Wie würde sie es aufnehmen, wenn er ihr eröffnete, dass er einige Monate Urlaub hatte, nur mit dem Ziel, seine Sklavin zu schwängern? Er würde seinen Auftrag sehr ernst nehmen. Er fragte sich, ob sie ihm weiterhin so hingebungsvoll dienen würde, oder ob sie ihm jetzt nur eine gehorsame Sklavin vorgespielt hatte …

***

Drei Stunden später hielt er es nicht mehr aus. Er weckte Gwenda und teilte ihr mit, dass sie für die Befriedigung seiner Lust hier sei.

Müde erhob sie sich. »Wie wollt Ihr mich, Herr?«, fragte sie.

Er drückte sie vor sich auf das Bett und drang erneut von hinten in sie ein. Das war seine Lieblingsstellung, und in dieser vergnügte er sich in ihr, bis sie heiser war von den Schreien, die sie ihm schenkte. Seine Daumen dehnten ihren Hintereingang. Immer wieder unterbrach er sich, um über die tropfnasse Spalte seiner Sklavin zu lecken und sie mit den Fingern zu bearbeiten.

Diese Frau machte ihn verrückt. Ihre Hingabe, die er bedingungslos von jeder Sklavin wünschte, entsprach genau seinen Vorstellungen.

Er drehte sie auf den Rücken, kettete ihre Beine über ihren Schultern an sein Bett und trieb sich erneut in sie.

***

Am Morgen ließ er endlich von ihr ab. Er leckte ihren Saft aus der Scheide, die geöffnet vor ihm lag und überlief. Bei allen Göttern, er hatte seine Eier entleert und die Sklavin eine Nacht lang abgefüllt. Zufrieden grinste er. Der Geschmack ihres Saftes hatte sich geändert, ebenso wie ihr Duft. Sie war von ihm geschwängert worden. Ihre Hingabe war bedingungslos. Sie hatte sich ihm ganz gegeben. Sogar ihre Fruchtbarkeit hatte sie ihm vorbehaltslos geschenkt. Diese Sklavin war perfekt!

Aber er würde ihr noch nicht mitteilen, dass sie sein Kind in sich trug. Sie war fruchtbar wie keine seiner Sklavinen bisher. Das hieß, sie war vollgepumpt mit Hormonen, die die Schwangerschaft ermöglichten. Und er war fruchtbar, weil er dazu gezüchtet worden war, Paarungen durchzuführen, die zur Befruchtung dienten.

Er hatte sie aus ihren Fesseln befreit und vorsichtig auf das Bett gelegt. Dankbar hatte sie ihm zugelächelt und war sofort eingeschlafen. Er hatte sie viel länger benutzt, als er sie hatte verwenden wollen.

Er war zufrieden, als er die erschöpfte Frau im Schlaf beobachtete. Sie sah wunderschön aus. Ihre welligen blonden Haare waren ein guter Kontrast zu ihrer gebräunten Haut. Ihre langen Wimpern warfen einen Schatten auf ihre Wangen. Ihr voller Mund gefiel ihm besonders gut. Sie hatte eine angenehme Art zu sprechen, denn sie widersprach nicht. Das war ihm angenehm. Ein zänkisches Weib wollte er nicht haben.

***

Es war Nachmittag des Tages nach ihrer Ankunft. Er hatte sie in sein Verließ gebracht. Sie hatte sich nicht gewehrt.

Nun beobachtete er, wie sie auf dem gynäkologischen Stuhl lag und erduldete, dass eine Maschine einen kalten Metallphallus in ihre Scheide trieb. Immer wieder. Gleitmittel, welches aus dem Metallphallus bei jeder Penetration in ihre Scheide eingespritzt wurde, tropfte aus ihr heraus. Außerdem hatte er ihr ein Medikament gegeben, das ihre Lust steigerte. Stöhnend empfing sie jeden Stoß. Bereits seit Stunden quälte er sie so.

»Dein Durchhaltevermögen werden wir auf diese Art steigern«, erklärte er ihr.

»Bitte, Herr«, jammerte sie.

»Was willst du?« Sein Schwanz war so hart wie der Metallphallus, der ihre Scheide laufend penetrierte.

»Ich kann nicht mehr.« Sie schien tatsächlich zu weinen.

»Darum üben wir ja«, sagte er ungerührt.

Sie kam erneut mit einem langgezogenen Schrei. Alle Muskeln zuckten. Ihr ganzer Körper wurde von diesem Orgasmus gequält.

Er stoppte die Maschine und setzte einen dickeren Metalldildo ein.

Weinend nahm sie ihn auf. »Es ist zu viel«, klagte sie.

»Wenn du noch einmal jammerst, ramme ich dir dieses Teil in deinen Arsch«, knurrte er.

Gwenda verstummte augenblicklich. Ihre Qual ertrug sie nun stumm.

Und er genoss es, sie für seine Wünsche vorzubereiten.

Als er sie zum ersten Mal mit der Peitsche zeichnete, ertrug sie auch das ebenfalls stumm.

»Dein Herr hat dich ausgezeichnet vorbereitet«, lobt er sie.

Sie schlug die Augen nieder und schwieg.

»Hast du deinen Herrn geliebt?«, fragte er mit rauer Stimme.

»Ja, Herr. Ich liebe ihn«, gab sie zu.

Er hörte die Qual in ihrer Stimme.

»Du wirst ihn nie wiedersehen!«

Sie nickte.

»Du weißt, was hier mit dir geschieht?«, fragte er.

»Ich werde Euer Kind austragen. Und wenn ich das kann, werde ich so lange mit Euch gepaart werden und Eure Kinder empfangen, wie das mein Körper durchhält. Danach ist mein Dienst erfüllt.«

»Danach wirst du entweder in ein Freudenhaus gesteckt und die Männer dort beglücken, die für eine Schwängerung nicht ausgewählt wurden – viele von ihnen sind aggressiv und ficken rücksichtslos – oder du wirst ... getötet werden«, sagte er. »Hier werden Lebewesen, die man nicht braucht, entsorgt.«

Gwenda sog die Luft ein.

»Das hat man dir nicht gesagt, oder?«

»Nein.«

Er hatte Mühe, sie zu verstehen.

»Aber nachdem ich verurteilt wurde«, sagte sie, »habe ich gewusst, dass ich nicht mehr lange leben werde. Denn egal, ob Dienst in einem Bergwerk oder hier als Zuchtstute für Eure Kinder, Herr, ich weiß noch gar nicht, ob ich Eure großen Babys werde austragen können.«

Er nickte. »Deine zwei Vorgängerinnen haben die erste Geburt nicht überlebt. Ich habe sie im Freudenhaus geschwängert, wo sie Dienst gemacht haben.«

»Und die Babys?«, fragte sie leise.

»Sie leben und werden in einem Kinderheim in einer Stadt hier in der Nähe aufgezogen«, erklärte er.

»Seht Ihr sie oft?«

»Zwischen den Einsätzen, immer mal wieder.«

Sie wollte wissen, was er mit »Einsätzen« meinte, aber sie traute sich nicht. Stattdessen fragte sie: »Wie lang hat es gedauert, bis meine Vorgängerinnen schwanger geworden sind?«

»Länger als du. Du bist bereits befruchtet«, sagte er ihr mit einem zufriedenen Lächeln.

»Werde ich die Schwangerschaft woanders verbringen?« Sie erinnerte sich an das, was ihr Herr ihr zum Abschied gesagt hatte. Dass sie nach ihrer Befruchtung an einen Ort gebracht werden würde, an dem sie ihre Schwangerschaft zu durchleben hatte.

Er sah sie eine Weile an. Dann sagte er: »Ich habe eine Entscheidung getroffen. Du bleibst in der Zeit der Schwangerschaft bei mir. Es gefällt mir, dich zu ficken und ich darf dich behalten, so lange es mir gefällt.«

Sie hing erschöpft in ihren Fesseln. Die Striemen auf ihrem Rücken und auf ihrem Hinterteil leuchteten rot. Sie sah wunderschön aus, wenn sie seine Qualen derart tapfer ertrug.

»Bist du mit Klemmen vertraut?«, fragte er.

Sie erkannte den Hunger in seiner Stimme. Gwenda nickte.

Er verzierte ihre Brüste mit Klemmen. Dann verließ er sie.

Sie blieb – benutzt von der Maschine – allein zurück. Sie hatte den Sinn für Zeit verloren. Anfangs hatte sie mitgezählt, wie oft der Metalldildo in ihre Scheide eingedrungen war. Aber dann hatte sie es aufgegeben. Sie weinte leise, aber sie konnte nichts tun, um sich die Lage zu erleichtern.

***

Endlich kehrte er zurück. Nach Stunden? Oder waren es Minuten gewesen, die sie allein verbracht hatte? Sie konnte es nicht einordnen. Er trat vor sie und bewunderte sie.

»Du bist so schön, wenn du weinst«, flüsterte er begeistert.

Er entfernte die grauenhafte Maschine, griff an ihre Scham und lachte, als er ihre Nässe fühlte. »Du bist nass wie eine rossige Stute.«

Sie errötete. Er löste die Klemmen von ihren Brüsten und weidete sich an ihrem Schmerz, als das Blut in ihre Brustwarzen zurückkehrte. Als sie zweimal hintereinander kam, packte er sie grob, nachdem er ihre Beine von den Ketten gelöst hatte. Er legte sich ihre Beine um die Hüften und drang in sie ein. Augenblicklich begann er, sie hart zu ficken. Ihre Arme waren noch immer an der Decke angekettet. Er fickte sie schonungslos und ausdauernd. Dann verströmte er sich in ihr, löste ihre Fesseln vom Handgelenk und trug sie aus der Folterkammer.

Er brachte sie zu einem Schwimmbecken und ließ sich mit ihr zusammen im warmen Wasser treiben.

»Erhol dich, denn mein Schwanz ist hungrig«, lachte er.

Kurze Zeit später drückte er sie bereits an den Beckenrand und fickte sie erneut. Immer wieder rammte er sich in sie und genoss ihre Höhepunkte.

Als sie irgendwann müde in seinen Armen zusammensackte und sofort einschlief, schüttelte er den Kopf.

»Kein Durchhaltevermögen ... Das ist inakzeptabel, Sklavin«, sagte er, aber ein Lächeln umspielte seine Mundwinkel.

Er stieg mit ihr aus dem Wasser und brachte sie in sein Bett.

***

Am nächsten Morgen beobachtete sie ihn, wie er das Essen auf einem Tisch anrichtete.

»In Zukunft wirst du das machen«, forderte er bestimmt.

»Gern, Herr«, antwortete Gwenda. Sie erhob sich und holte Besteck aus einem Schrank. Sie hatte beobachtet, dass er dort Besteck herausgenommen hatte. Dabei fiel ihr ein Löffel aus der Hand. Als sie sich bückte, um in aufzuheben, hörte sie plötzlich die tiefe Stimme des Soldaten hinter sich: »Bleib so.«

Sie verharrte mitten in der Bewegung.

»Beug dich vor und umfasse deine Beine«, seine Stimme war rau.

Sie fühlte, dass er hinter sie trat und sie befingerte.

»Das ist ein äußerst köstlicher Anblick, Sklavin«, flüsterte er.

Sie bewegte sich nicht.

»Ich werde dich besteigen und du verharrst in dieser Stellung. Danach wirst du mich reinigen.« Er keuchte beim Sprechen.

Sie war unbeschreiblich eng, als er in sie eindrang. Er fickte sie, umschlang sie und hob sie ein wenig an, um sie besser zu positionieren. Dabei klappte er sie zusammen. Die Luft wurde aus ihren Lungen gepresst. Sie wehrte sich nicht. Auch nicht, als sich vor ihren Augen alles zu drehen begann und sie bewusstlos wurde.

Er merkte es sofort, gönnte sich augenblicklich seinen Höhepunkt und nahm sie dann auf seine Arme.

***

Sie erwachte auf dem Bett. Sein strenger Blick ruhte auf ihr.

»Warum hast du nicht gesagt, dass dir schlecht geworden ist.« Er wirkte verärgert. »Ich musste abbrechen«, warf er ihr vor.

»Es tut mir leid.« Sie wirkte aufrichtig zerknirscht. »Ich wollte Euch nicht verärgern. Es kam so schnell ...«

Er nickte. »Wie kann ich dich dafür angemessen bestrafen?«, fragte er eher sich selbst als sie. Er sah, dass sie erblasste. Sie hatte Angst vor dem, was er mit ihr tun würde, obwohl sie nicht wusste, wie hier bestraft wurde.

»Wie kann ich Euch versöhnlich stimmen?«, flüsterte sie.

Ihre Augen waren weit aufgerissen und er roch ihre Angst. Dass er ihr dermaßen Angst einflößte, gefiel ihm nicht. Er zog sie an sich und wiegte sie.

»Du trägst mein Junges. Ich werde dich nicht umbringen – noch nicht«, fügte er hinzu.

Erschrocken drückte sie sich von ihm weg und sah ihn an.

Beinahe entschuldigend sagte er, während er sie wieder an sich zog und sie weiter wiegte: »Ich werde dich keinem anderen überlassen. Du bist mein Eigentum. Wenn ich dich nicht mehr brauche, werde ich es sein, der dich ...« Er sprach es nicht aus.

Sie seufzte. Lange dachte sie darüber nach. Dann war sie damit einverstanden, denn sie wollte nicht umhergereicht werden. Ihr Herr, der sie abgerichtet hatte, hatte sie für diesen Riesen erzogen. Ihm zu dienen, würde auch ihrem Herrn Ehre zurückgeben. Damit wäre ihre Aufgabe erfüllt.

Sie merkte, dass er hart war. Sie wand sich aus seinem Griff und beugte sich über sein Glied, das stattlich vor ihr aufragte. Sie würde es nicht schaffen, das ganze Glied in den Mund zu nehmen. Aber sie konnte es lecken und an der Spitze saugen. Genau das tat sie. Er keuchte überrascht auf.

»Das ... ist gut«, knurrte er und ließ sie gewähren.

Sie lächelte ihn an und nahm so viel von seinem Glied, wie ihr möglich war, im Mund auf.

»Das hat bisher noch keine Sklavin gemacht«, gab er zu.

Sie wurde mutiger und freute sich, dass ihr Herr zu genießen schien.

»Ich werde mich nicht zurückhalten«, knurrte er, als er fühlte, dass seine Hoden sich zusammenzogen.

»Darf ich Euch trinken?«, fragte sie ihn.

»Du willst mich schmecken?« Er war verwundert.

»Ihr tut es doch auch bei mir«, hauchte sie und leckte über die Länge seines Schaftes, ohne den Augenkontakt mit ihm zu unterbrechen.

Er stöhnte. »Ich mache es, um deinen Geruch aufzunehmen. Aber dazu bist du nicht fähig. Du ... brauchst das nicht ...« Er schloss die Augen.

»Ich begehre meinen Herrn auf diese Weise ebenso«, gab sie zu.

»Hat dir das dein Ausbildner gezeigt?«, fragte er keuchend.

»Ja. Und weil er nicht so groß war, habe ich ihn ganz aufgenommen. Er benutzte meinen Mund wie meine Scheide«, verriet sie.

Er packte ihre Haare. »Nimm so viel du kannst in deinen Mund.« Sein Blick war auf sie gerichtet. Würde sie sich wehren?

Sie nahm ihn auf so gut sie es vermochte und fürchtete, ihr Kiefer würde sich ausrenken, als er sich zusätzlich in sie drückte. Sie würgte, gab Schmerzlaute von sich. Dann bewegte er sich vorsichtig in ihrem Mund. Sie hielt still, nahm in auf.

»Ich will, dass du alles schluckst«, verlangte er.

Sie fühlte sofort, dass er ihren Mund mit seinem Samen füllte. Viel. Sie schluckte und schluckte. Es war eine unglaublich große Menge Samen. Er schmeckte salzig, männlich und tatsächlich äußerst köstlich. Es war wie eine besondere Speise. Genüsslich schluckte sie, schloss die Augen und stöhnte begeistert.

»Du bist nicht angewidert?« Er war überrascht. Seine Augen funkelten, während er beobachtete, wie sie sich vorsichtig von ihm löste und ihn anlächelte.

»Das hat mir gefallen, Herr. Ihr schmeckt ... äußerst köstlich. Ich mag Euren Geschmack, Euren Duft ... Ich würde Euch wiedererkennen.«

Er las es ihren Augen, dass sie die Wahrheit sagte. »Dann werde ich dich zusätzlich mit meinem Saft ernähren.« Er lächelte sein seltenes Lächeln, das ihn sanfter wirken ließ. Wie viel jünger sah er aus, wenn er lächelte.

»Ich erwarte Eure Strafe, Herr«, flüsterte sie mit ernstem Gesicht.

»Du hast mich überrascht und mir eine Version der Lusterfüllung gezeigt, die hier nicht praktiziert wird. Dir ist dein Vergehen vergeben.« Er zog sie an sich und küsste sie zärtlich.

Ihr Puls raste.

Er roch ihre Lust. Grinsend rollte er sich auf sie und drang mit drei Fingern in sie ein. Sie kam augenblicklich.

»Wir sind eine Spezies, die dazu gezüchtet worden ist, Frauen lange zu benutzen. Nicht selten benutzt ein Mann mehrere Sklavinnen, da eine mit seiner Lust überfordert ist. Du musst mich heute noch weiter ertragen«, kündigte er ihr an.

Sie nickte und spürte, dass er in sie eindrang. Er war als Wesen groß und sein Geschlecht fühlte sich riesig an, als er sie erneut damit penetrierte. Wieder änderte er die Stellung und sie gehorchte ihm in allem. Als er seinen Samen in ihren Schoß drückte, zuckte sie um ihn herum. Sie war die lüsternste Sklavin, die er jemals gefickt hatte.

Danach gingen sie zusammen in die Küche und aßen von dem Eintopf, den er zubereitet hatte. Er erklärte ihr, wie er zubereitet wurde und sie versprach, für ihn zu kochen. Sie hatte das früher auch für ihren Herrn gemacht. Aber hier kannte sie die Zutaten nicht und sie bat ihren Herrn darum, sich vegetarisch ernähren zu dürfen.

Er gewährte es ihr, erinnerte sie aber daran, dass es ihr nicht zustünde, eine Bitte zu äußern. Wie sie es von ihrem früheren Herrn gelernt hatte, ging sie zu ihm und kniete sich neben ihn.

»Ich habe eine Strafe verdient«, murmelte sie.

»Nein, hast du nicht, Sklavin, denn du kennst noch nicht unsere Gesetze hier«, sagte er mit ruhiger Stimme. »Du bist eine Sklavin, die mir viel Freude bereitet und ich schätze deinen Eifer, mir zu gefallen. Ich werde dich nicht sinnlos bestrafen, nur um dich zu quälen. Deine Qual erfreut mich. Aber es reicht, dich dann zu bestrafen, wenn du es verdient hast. Bis jetzt wollte ich lediglich deine Grenzen ausloten.« Sein Blick war sanft.

Sie küsste seine Füße und bedankte sich.

»Bei allen Göttern«, knurrte er. »Welche Schule hast du durchwandert?«

»Die Schule der Demütigung zur Abrichtung einer Sklavin«, murmelte sie verwirrt.

»Du erträgst Schmerzen, du verweigerst dich mir nicht. Du weißt nicht, ob du die Geburt meines Kindes überleben wirst und du läufst nicht weg. Du fügst dich meinen Wünschen, zeigst mir Lustspiele, die mir fremd sind ... Die Götter müssen mich lieben« Er lächelte sie an.

Sie kniete noch immer neben ihm, als sie sich über sein aufgerichtetes Glied beugte.

Doch er hob sie hoch. »Gleiches Recht für alle, Sklavin. Wenn ich dir meinen Saft zur Nachspeise gebe, wirst du mir auch deinen schenken.« Seine Stimme klang fremd.

Nur wenige Augenblicke waren sie plötzlich neben seinem Bett. Er entkleidete sich, nachdem er sie auf das Bett gesetzt hatte. Sie blickte ihm dabei zu, bewunderte seinen muskulösen Körper und seinen großen Lustpfahl.

»Setz dich auf mein Gesicht und gib mir deinen Saft«, verlangte er und legte sich auf den Rücken.

Oh ja, das hatte auch ihr früherer Herr oftmals gefordert. Sie gehorchte augenblicklich und fühlte sofort seine kräftige Zunge an ihrer Spalte, die von seinen Händen auseinandergezogen wurde. Gleich darauf drang seine Zunge tiefer in ihre Scheide ein. Sie wimmerte lustvoll und schenkte ihm ihren Saft.

»Dein Loch ist eng. Es ist ein Wunder, dass du mich aufnehmen kannst«, stellte er zufrieden fest und verbiss sich in ihre Klitoris.

Gwenda kam augenblicklich zum Höhepunkt.

»Bei allen Göttern, deine Grotte ist heiß, Sklavin.« Sein Schwanz zuckte und erinnerte sie an ihre Aufgabe. Gehorsam leckte sie ihn und drückte ihren Mund soweit es ging auf seine Spitze. Er spritzte ab und sie genoss die köstliche Creme, die er ihr schenkte. Als sie fühlte, dass er einen Finger in ihren Anus steckte, kam sie erneut und er trank ihren Saft, der aus ihrer Scheide rann.

»Ficken Menschenmänner ihre Weibchen auch in dieses Loch?«, fragte er.

»Ja«, gab sie zitternd zu. Hier würde sie ihn niemals aufnehmen können. Er war zu groß für diese Öffnung.

»Magst du das?«, wollte er wissen.

»Nicht immer«, gab sie zu.

»Hast du dich gewehrt, wenn er dich so nahm?«

Er wollte mehr von ihr erfahren. Was machte sie heiß? Welche Vorlieben hatte sie?

»Nein, Herr, denn es ging niemals darum, was mir gefällt, sondern ausschließlich darum, was mein Herr wünschte.« Sie zitterte.

»Dich hier zu penetrieren, würde dich so schlimm verletzen, dass du daran zugrunde gingest«, sagte er sachlich. »Vielleicht hebe ich es mir für den Schlusspunkt auf.«

Sie zitterte. »Wenn Ihr das wünscht, Herr, soll es so geschehen.«

»Du würdest dich wirklich nie gegen mich auflehnen?«, fragte er bewundernd. »Die anderen Soldaten erzählten mir, dass ihre Frauen längst nicht so willig sind, wie du es bist. Woran liegt das?«

»Sie haben wahrscheinlich nicht die gleiche Ausbildung wie ich erhalten. Ich bin mit Schmerzen vertraut. Mein Lebensinhalt ist es, meinem Herrn in allem zu gefallen. Wenn Ihr also wünscht, mich auf diese Weise zu benutzen, so werde ich es zu ertragen versuchen. Mit jeder Konsequenz.« Sie blickte ihm in die Augen.

Keine Falschheit war in ihr. Er roch ihre Ehrlichkeit.

»Wirst du dich mir jemals widersetzen?«, fragte er.

»Vielleicht«, gab sie zu. »Ich weiß nicht, was ihr von mir fordern werdet.«

»Weißt du, dass die anderen Soldaten mich um dich beneiden?«, erzählte er ihr im Plauderton.

Sie sah ihn überrascht an. So viel hatte ihr früherer Herr niemals mit ihr auf einmal gesprochen.

»Weshalb, Herr?«, fragte sie leise.

»Du bist die schönste Sklavin, die jemals hier angekommen ist. Du trägst Würde in dir und du bist willig, wie keine andere Sklavin deinem Herrn Freude zu bereiten. Du hast bereits von mir empfangen und trägst mein Junges. Du konntest mich ohne Probleme aufnehmen. Du dienst mir, versuchst, mir alle Wünsche zu erfüllen und nimmst eine Strafe wortlos an. Du bist bereit, Schmerz zu ertragen, um mir Freude zu machen. Keine der anderen fügt sich so in das neue Leben.« Er lächelte sie an.

»Ihr seid gut zu mir, Herr«, antwortete sie und senkte den Blick.

Er schob einen Finger unter ihr Kinn und hob es an, um ihr in die Augen sehen zu können. »Das mag sein, denn du stimmst mich sanft.«

Sein Lächeln brachte sie dazu, ihn zu mögen. Sie konnte sich seinem Charme nicht entziehen.

»Du erträgst meine Lust stundenlang. Daran scheitern die anderen Frauen«, flüsterte er mit rauer Stimme.

»Auch ich versage in diesem Punkt. Noch lange bin ich Eurer Ausdauer nicht gewachsen Herr«, sagte sie ehrlich.

»Aber du hältst viel länger durch.«

»Euer Glied ist hart, Herr. Benutzt meinen Körper.«

»Was hat dich dein Herr noch gelehrt?«, fragte er und sah auf ihre nasse Scham. »Zeig es mir. Wir Soldaten ficken Frauen. Wir stoßen unseren Stab in sie, aber wir verstehen zu wenig von der lustvollen Vereinigung.«

Sein Geständnis wunderte sie.

»Legt Euch zurück«, bat sie. Dann schob sie sich über ihn, drückte sein langes Geschlecht auf seinen Bauch und rieb ihre Spalte über ihn. Er schloss die Augen und stöhnte. »Das tut gut.«

»Ihr könnte auf diese Weise meine Brüste bespielen«, bot sie ihm an, während sie sich weiter an ihm rieb.

»Bespielen oder quälen?«

Sein Lächeln erreichte sie. Sie beugte sich ihm entgegen und ließ es zu, dass seine großen Hände ihre vollen Brüste berührten. Sie schloss die Augen und genoss seine Finger. Er rückte näher und begann, ihre Brüste mit dem Mund zu stimulieren. Mit geschlossenen Augen nahm sie es hin. Dabei unterbrach sie ihre Hüftbewegung niemals. Als er leicht in ihre Brustwarzen biss, winselte sie lustvoll. Und dann schaffte sie es irgendwie, sich auf seinen Schaft zu drücken, als er eine ihrer Brüste tief in seinen Mund nahm.

Sein Kopf sank zurück und er stieß einen Schrei aus.

»Du bist eine Meisterin deines Faches«, stöhnte er und genoss es, dass sie ihn ritt. Sie wimmerte, hatte die Augen geschlossen und bewegte sich auf ihm. Als er ihre Hüften packte und ihr den Rhythmus zeigte, den er brauchte, gehorchte sie sofort. Sie kamen gemeinsam zum Höhepunkt. Sie sank auf ihn und er rollte sich auf sie, ohne sich von ihr zu lösen.

»Das war ein anregendes Vorspiel«, keuchte er.

Dann fickte er sie. Hemmungslos und hart.

***

Als sie erwachte, war sie allein. Es war Nacht. Sie stand auf, ging ins Bad, um sich zu reinigen. Da hörte sie Lärm aus dem Wohnzimmer. Sie horchte auf. Das waren Kampfgeräusche. Sie eilte aus dem Zimmer und versteckte sich hinter einem Schrank. Fünf Soldaten waren in das Haus eingedrungen und überwältigten ihren Herrn.

»Wir werden dich töten und uns nehmen, was wir wollen«, sagte eben einer der Männer und zog sein Messer.

»Das wagst du nicht«, knurrte ihr Herr und trat um sich, während er von vier anderen auf den Boden gepresst wurde.

»Ich wage es! Wir wagen es!«, rief einer der Eindringlinge und hob sein Messer. Alle waren auf das Kommende fixiert, deswegen rechnete niemand mit der nackten Frau, die plötzlich ins Zimmer gerannt kam.

»Bitte nicht!«, rief Gwenda und warf sich über den Brustkorb ihres Herrn.

Ihr Herr fühlte ihren rasenden Pulsschlag. Sie hatte Angst. Entsetzliche Angst. Alle mussten es riechen.

»Wenn ihr ihn tötet, dann müsst ihr erst mich umbringen«, sagte sie bestimmt und blieb, wo sie war.

»Sie ist heiß«, sagte einer der Männer.

»Sie ist mutig«, sagte der Soldat, der das Messer in der Hand hielt. Langsam ließ er es sinken.

»Was bietest du uns?«, fragte einer der Soldaten.

Gwenda wusste, dass es keine echte Frage war.

»Als Rechtlose habe ich nichts, was ich euch bieten könnte. Aber ich bitte euch um das Leben meines Herrn. Nehmt das meine, wenn es euch darum geht, jemanden zu töten.« Ihre Stimme bebte.

»Sklavin, das ist nicht *dein* Kampf. Ich befehle dir, augenblicklich zu verschwinden«, zischte ihr Herr und sah sie böse an. Er wusste, dass ihn die Männer töten würden und sich dann an seiner Sklavin vergehen würden.

Unsicher blickte sie ihm in die Augen. Er sah ihre Verzweiflung und ihre Tränen, die sie nur mühsam zurückhalten konnte.

»Aber wir haben doch, was wir wollen. Sie ist hier«, sagte einer der Soldaten grinsend.

Ihr Herr wurde auf die Beine gezogen und an einen Stuhl gefesselt, der neben einem massiven Tisch stand.

»Jeder will und könnte sie ficken, dann verschwinden wir«, schlug der vierte vor. Er öffnete die Hose und holte sein Glied hervor. Es war groß.

Aber nicht so groß wie das ihres Herrn, bemerkte Gwenda.

Sie würde ihn ertragen. Sie sank neben ihrem Herrn auf die Knie und legte ihren Kopf auf seinen Schoß.

»Vergebt mir, Herr. Ich will das nicht.« Leise weinte sie.

Im nächsten Moment wurde sie gepackt und zum Tisch gezerrt. Zwei Soldaten legten sie rücklings darauf und spreizten ihre Beine, zwei hielten sie auf jeder Seite fest, als sie sich verzweifelt wehrte. Sie wehrte sich tatsächlich, trat verzweifelt gegen den Mann, der sich ihrer Spalte näherte, wurde aber schließlich hart gepackt und festgehalten. Der fünfte Mann drang in sie ein. Sie schrie, versuchte zu entkommen und abzurücken. Doch nichts bewahrte sie vor der Gier dieser Männer. Lange fickten sie die junge Frau, die irgendwann leise schluchzend vor ihnen lag und die Penetrationen über sich ergehen ließ.

Ihr Herr schrie Verwünschungen und Drohungen aus. Aber es bewahrte seine Sklavin nicht vor der Handlung dieser Männer. Immer wieder versuchte er, sich zu befreien, aber der Anführer der fünf Fremden schlug irgendwann mehre Male auf ihn ein, bis sein Gesicht blutig war und er bewusstlos wurde.

Irgendwann verlor auch Gwenda ihr Bewusstsein. Die Männer ließen sie einfach liegen und verschwanden.

***

Als Gwenda zu sich kam, spürte sie, dass sie hochgehoben wurde und zuckte automatisch zusammen. Sie sah in die Augen ihres Herrn.

»Du bist unvernünftig«, schimpfte er.

Sie weinte leise. »Wie habt Ihr Euch befreien können, Herr?«

»Ich bin Soldat. Das Messer, das ich brauchte, war in der Küche. Du weißt, was jetzt passiert?«

Sie schüttelte den Kopf.

»Du wirst zurückmarkiert werden, bis du diese Männer vergessen hast.«

Sie ließ es zu, dass er sie duschte, mit einer brennenden Seife wieder und wieder ihre Scheide auswusch und sie danach auf sein Bett legte. Sie las Zorn in seinen Augen und sie dachte, dass er ihr zürnte, weil sie ihm nicht gehorcht hatte.

»Es tut mir so leid, Herr«, flüsterte sie immer wieder. Zärtlich streichelte sie über die blauen Flecken, die sich in seinem Gesicht gebildet hatten. Man hatte ihn übel geschlagen.

Wenn sie erwartet hatte, dass er sie nun in seinem Zorn wild zurückerobern würde, so hatte sie sich geirrt. Er ließ sich Zeit. Oder eher, er ließ *ihr* Zeit, bis er sicher war, dass sie die Nähe eines Mannes tatsächlich akzeptierte.

Er bereitete sie zärtlich vor. Seine Hände schienen einfach überall zu sein. Sie konnte sich nicht erinnern, je so rücksichtsvoll behandelt worden zu sein.

Er roch ihren Saft, der aus ihrer Grotte floss und ihm ihre Bereitschaft signalisierte, ihn aufzunehmen. Aber auch dann drang er noch nicht in sie ein. Er befahl ihr, sich auf sein Gesicht zu setzen. Sie gehorchte sofort. Er saugte sich an ihrer Scham fest und trank ihren Saft, der in seinen Mund tropfte. Bei allen Göttern, sie war so heiß und sie schenkte sich ihm uneingeschränkt, selbst nach dieser Erfahrung.

Sie beugte sich über sein hartes Geschlecht und begann, es zu küssen und zu lecken

Er stöhnte auf. »Die Götter selbst haben dich das gelehrt«, keuchte er.

»Nein, Herr, das hat mich mein Meister gelehrt«, flüsterte sie.

»Musstest du es oft üben?«

»Ja ... eigentlich wochenlang. An vielen Männern. Wenn das nicht zur Befriedigung meines Meisters gelang, wurde er sehr ungehalten«, verriet sie zwischen ihren heißen Zungenschlägen, die unaufhörlich auf seine Eichel trommelten.

»Was meinst du mit ungehalten?«, stöhnte ihr Herr.

»Er setzte unterschiedliche Strafen fest«, sagte sie und widmete sich erneut seiner Eichel.

Eigentlich wollte ihr Herr noch fragen, wie sie bestraft worden war. Aber er fühlte, dass sie seine Schwanzspitze in den Mund nahm und mit ihrer Zunge seine Penisspitze bearbeitete. Bei allen Göttern, sie machte ihn verrückt! Er biss leicht in ihre Klitoris und sie kam zum Höhepunkt. Zuckend wand sie sich auf seinem Mund, da er ihre Hüften gepackt hatte und ihren Schoß an seinen Mund presste. Sie wimmerte und er trank von ihrer Nässe, die sie verströmte.

Endlich hob er sie von sich und legte sie vor sich auf das Bett. Bewundernd betrachtete er sie. Noch nie war sie ihm so schön erschienen. Er streichelte ihre Wangen und sah sie ernst an. Gwenda fühlte sich schlecht. Ihr war klar, dass sie ihn enttäuscht hatte.

»Wie kann ich Euch versöhnen?«, fragte sie traurig.

»Stille meinen Hunger nach dir«, verlangte er.

Sie öffnete ihre Schenkel und bot sich ihm an. Er drang langsam in sie ein. Wie immer nahm sie ihn ganz auf. Er fühlte, dass sie ihre langen Schenkel um seine Hüften legte und ihn an sich drückte.

»Das solltest du nicht tun.« Seine Stimme klang angespannt.

Sie antwortete nicht, aber sie drückte ihn noch stärker an sich, als wollte sie ihn noch tiefer in sich spüren.

»Ich ... ich kann nicht mehr ... langsam ...«, stöhnte er.

Und dann fickte er sie, bis ihre Schreie zu wollüstigem Gewinsel wurden. Bei allen Göttern, sie war so anschmiegsam, so bereit für ihn. Er erinnerte sich daran, wie sie sich verzweifelt gewehrt hatte, als die Soldaten sie gefickt hatten. Er hatte mit angesehen, wie sie grob genommen worden war und er wollte nicht, dass sie das hier mit der vorangegangenen Erfahrung gleichstellte.

»Vergiss, was gewesen ist«, verlangte er.

Sie blickte ihm in die Augen.

Er fühlte ihre Hände auf seinem Rücken.

»Das hier ist völlig anders, Herr«, flüsterte sie.

»Ja, meine schöne Sklavin. Das ist es!«

Er ritt sie leidenschaftlich und sie presste sich an ihn. Sie fühlte, dass er sie anders benutzte als bisher. Irgendwie wirkte er ... verzweifelt ...

Endlich gab er sie frei. Sofort schlief sie ein.

***

Sie verschlief, dass ihr Herr sie der Obhut seines Freundes Petja übergab, der über sie wachte, während sie schlief. Auch wollte ihr Herr verhindern, dass sie überfallen wurde, während er weg war.

Sie bekam nicht mit, dass die fünf Männer von ihrem Herrn gesucht wurden. Er fand sie und tötete alle. Sie hatten gegen das Gesetzt dieses Planeten verstoßen. Niemals sollte eine Sklavin eines Soldaten gegen den Willen ihres Herrn benutzt werden. Darauf stand die Todesstrafe und es oblag dem Herrn der Sklavin, die Hinrichtung durchzuführen. Die Männer hatten gewusst, was ihnen drohte, würden sie erwischt werden. Sie waren bereits in die Wildnis aufgebrochen, doch zu langsam gewesen und so hatten sie den Tod gefunden.

Als er zurückkehrte, war er mit dem Blut der Toten befleckt.

***

Er betrat das Haus in dem Moment, als Gwenda das Bad verließ. Sie sah ihn und erkannte die Wahrheit. Mit einem Aufschrei sank sie auf die Knie. Sie hatte Angst, als er auf sie zukam. Dieses Mal schaffte sie es nicht, ihre Panik niederzuringen. Stöhnend verlor sie das Bewusstsein.

Sein Freund Petja hob sie hoch und brachte sie zur Couch im Wohnzimmer.

»Wie ich sehe, hast du deine Rache genommen, Landor«, sagte Petja ruhig.

Landor nickte und begab sich ins Bad.

Als er kurze Zeit später geduscht und neu gekleidet zurückkehrte, war Gwenda erwacht.

Petja grinste ihm entgegen. »Wie hast du die Männer getötet?«, wollte er wissen.

Gwenda erbleichte und kniete sich vor ihren Herrn, der sich auf die Couch setzte. Ihr Herr blickte Gwenda in die Augen, als er es mit kühler Stimme berichtete.

»Ich habe sie eingeholt und bewusstlos geschlagen. Es war leicht, ihre Spur aufzunehmen. Sie hatten sie nicht verborgen, denn sie hatten es eilig gehabt, voranzukommen. Sie gleich zu töten, wäre zu gnädig gewesen. Sie haben keine Rücksicht auf meine Sklavin genommen, als sie qualvoll ihren Körper missbrauchten. Nachdem sie bewusstlos waren, habe ich sie gefesselt und nebeneinandergelegt. Die Sonne war nicht gnädig mit ihnen und sie litten stark an der Dehydration, der ich sie aussetzte. Du weißt, dass wir besonders stark leiden, wenn wir in der Sonne austrocknen. Unser Kreislauf kommt damit nicht zurecht«, erklärte er jetzt Gwenda, die ihn wortlos anstarrte. »Als alle wieder das Bewusstsein erlangt hatten, habe ich ihnen ihre Männlichkeit genommen und eine Stunde später schenkte ich ihnen den Tod. Ich war gnädiger, als sie es mit meiner Sklavin gewesen waren.«

Sein Freund nickte. »Eine faire Hinrichtung für eine böse Tat.«

Gwenda weinte und zitterte. Sie las in seinem Blick eine Wildheit, die sie bis jetzt an ihrem Herrn nicht gesehen hatte. Würde er nun auch sie bestrafen? Sie hatte ihm nicht gehorcht. Sie hatte die Vergewaltigung heraufbeschworen. Selbst das Argument, dass sie sein Leben hatte retten wollen, konnte daran nichts ändern. Würde er sie töten?

»Der Verstoß gegen Gesetze wird hart bestraft, Sklavin«, sprach ihr Herr weiter.

»Ich bitte um Verzeihung wegen meines Verstoßes.« Ihre Stimme versagte.

»Welchen meinst du genau?«, fragte er mit kalter Stimme. »Den, dass du meinem Befehl nicht Folge geleistet hast oder den, dass du dich von diesen Männern hast besteigen lassen? Weshalb bist du in den Raum gekommen?«

»Ich war so voller Angst um Euch, Herr.« Sie zitterte. »Die Männer hätten Euch getötet.«

Er hob ihr Kinn und sah sie an. »Du hast in der Tat mein Leben gerettet. Aber der Preis war zu hoch. Die Vergewaltigung durch die fünf Männer nimmt mir das Recht auf dich. Der Rat wird entscheiden, wem du künftig gehören wirst. Man wird uns heute noch mitteilen, wie entschieden wurde.«

Sie schlug die rechte Hand vor den Mund und starrte ihn entsetzt an.

»Bitte, ich will bei Euch bleiben«, flehte sie.

Er sah ihre Tränen und wandte sich ab, als er sagte: »Du hast kein Recht, etwas zu wünschen. Schon vergessen?«

»Aber ich kenne doch Eure Gesetze hier nicht, Herr.«

»Das schützt dich nicht davor, bei einem Verstoß bestraft zu werden, Sklavin«, hörte sie plötzlich eine fremde Stimme hinter sich.

Ein hochgewachsener Fremder stand hinter ihr und sie

zuckte zusammen. Sie war so kraftlos, dass sie ihren Kopf einfach auf die Oberschenkel ihres Herrn legte und leise weinte.

»Ich bin Rasno. Höre den Spruch des Rates«, sagte der Fremde.

Gwenda zitterte plötzlich am ganzen Körper. Sie sah wortlos auf den Mann, der eine lange Robe trug. Er schien nicht der Gruppe der Soldaten anzugehören. Er war schlank, aufrecht, aber nicht so durchtrainiert wie ihr Herr es war. Auffallend waren seine blauen Augen und sein langes schwarzes Haar, das er im Nacken zusammengebunden trug. Sein Gesicht war nicht so sonnengebräunt wie das ihres Herrn. Seine Hände waren langgliedrig und schmal. Nein, er war es nicht gewohnt, zu kämpfen, erkannte Gwenda mit einem Blick. Aber er drückte sich gewählt aus und er wusste, wie Worte einzusetzen waren. Seine Worte würden über ihr weiteres Leben entscheiden.

»Der Rat hat zwei Möglichkeiten diskutiert«, sagte Rasno. »Es wird geprüft, ob die Sklavin tatsächlich dein Junges trägt. In diesem Fall werde ich sie bei mir aufnehmen und sie zu meiner Sklavin machen. Dann ist garantiert, dass dein Junges dir zugesprochen wird, Landor. Sollte sie die Niederkunft des Jungen überleben, nehme ich sie zu meiner Sklavin und werde ebenfalls mit ihr mindestens ein Junges zeugen, das sie mir austragen soll. Sollte sie nicht empfangen haben, wird sie in ein Freudenhaus gesteckt und steht allen zur Verfügung. Das soll die Strafe für ihre Ungehorsamkeit sein.«

»Ihr heißt Landor?«, fragte Gwenda und schaute liebevoll zu ihrem Herrn auf. Ihre Tränen tropften auf seine Hose, die sich über seine Oberschenkel spannte. »Vergebt mir mein Vergehen«, flehte sie ihn an. »Ich habe versagt und noch schlimmer, meinen Herrn auf der Erde Schmach zugefügt.« Sie senkte den Kopf. »Die Strafe nehme ich als Sühne für meine Fehler an, Herr.«

»Sie trägt mein Junges«, sagte Landor und auch in seiner Stimme schwang Traurigkeit. »Wenn sie bei dir ist, wird mich das ein wenig über den Verlust trösten, denn du wirst ihr gegenüber fair sein.« Er streichelte sanft über ihr lockiges Haar. »Sie ist eine gute Sklavin und sie hätte ihr Leben für das meine gegeben. Wäre sie ein Krieger, müsste man wohl stolz darauf sein, sie zu kennen.«

Er sah, dass ihre Schultern bebten, als sie leise weinte.

»Du hast Rache genommen«, stellte Rasno fest.

Landor nickte wie zu sich selbst.

»Du weißt, damit ist das Gesetz erfüllt«, sagte Rasno. »Bring sie nun zum Arzt.«

***

Gwenda lag vor dem Arzt auf dem Untersuchungsstuhl. Er befingerte sie und schien sie wieder mit seinen Fingern zu ficken.

»Sie ist sehr saftig«, stellte der Arzt fest.

Gwenda schloss die Augen. Sie konnte den Blick ihres Herrn, den seines Freundes Petja und den von Rasno, der dem Rat angehörte, nicht ertragen. Alle standen hinter dem Arzt und sahen zu, wie der Arzt sie untersuchte. Sie war ihren Blicken ausgeliefert und sie ertrug die Scham nur schwer. Aber sie wollte ihrem Herrn nicht noch einmal Ärger bereiten.

»Sie ist heiß.« Der Arzt drang nun mit drei Fingern in sie. »Ich ertaste eine Vergrößerung ihrer Gebärmutter. Sie trägt ein Junges«, sagte er und sah anerkennend auf Landor. »Verdammt, wie hast du das gemacht?«

Landor schwieg. Er sah ihren Blick, der nun auf ihm ruhte und seine Vergebung erbettelte. Endlich fand er die Kraft, an die gefesselte Sklavin heranzutreten und ihr über das Haar zu streicheln. »Es war nur kurz gewährt, dass du mir gedient hast.

Ich werde diese Zeit niemals vergessen. Sie war die schönste in meinem Leben. Vergiss mich nicht, Gwenda«, sagte er.

Zum ersten Mal nannte er sie bei ihrem Namen. Ihre Lippen zitterten. »Es war auch die schönste Zeit in meinem Leben. Ihr habt mich gut behandelt, Herr. Danke.« Ihre Stimme war leise, aber alle hatten sie verstanden. »Euer Kind werde ich mit großer Freude gebären, Herr, und hoffe, dass es leben wird.«

»Das wird es, Liebes«, sagte er und hauchte ihr einen Kuss auf die Stirn. Dann trat er zurück.

»Ihr habt mir vergeben, Herr?« Ihre Lippen bebten.

»Du hast mein Leben gerettet, wie könnte ich dir zürnen.« Er lächelte sie entschuldigend an.

»Aber Ihr sagtet ...« Sie war verwirrt.

»Ich wusste, dass ich dich verlieren würde, das machte mich zornig. Aber auf dich war ich nicht wütend. Zu keiner Zeit.«

»Danke, Herr.«

Sie keuchte auf, als der Arzt sie weiter digital untersuchte.

»Tut das weh?«, fragte er.

Er drang nun mit vier Fingern ein. Dann drückte er alle Finger in sie und schob seine Hand hinein. Sie wimmerte, konnte es aber ertragen.

»Sie sollte täglich gedehnt werden, damit sie die Geburt schafft. Entweder du bringst sie täglich zu mir und ich mache das, oder du machst es selbst.« Der Mediziner sah auf Rasno, der nachdenklich wirkte, und noch immer hinter ihm stand. Der Blick, der sich ihm bot, erregte ihn. Er wollte diese Sklavin besteigen und konnte ein Stöhnen nicht verbergen.

Gwenda umspülte die Hand des Mediziners mit ihrem Saft, der köstlich duftete. Alle rochen ihren Duft. Es war klar, dass nun alle im Raum aufs Höchste erregt waren. Der

Mediziner zog sich zurück und wusch seine Hände. Da der Weg frei war, trat Rasno zwischen ihre Beine.

»Nimmst du sie gleich hier?«, fragte der Mediziner, denn er hätte zu gern gesehen, wie diese Sklavin gefickt wurde.

Rasno schüttelte den Kopf. Sein Finger drang in ihre Spalte und er zog ihn zurück, führte ihn an seinen Mund und leckte ihn genüsslich ab.

Landor atmete geräuschvoll ein. Gwenda weinte leise.

»Sklavin«, begann Rasno. »Ich habe deinen Duft aufgenommen und ich kenne nun deinen Geschmack. Ich schwöre dir, dich zu schützen. Was den Spruch des Rates betrifft, so habe ich mich für die dritte Möglichkeit entschieden«, sprach er weiter.

»Die dritte?« Gwenda schüttelte den Kopf. »Es gab doch nur zwei Möglichkeiten, Herr.«

»Nein, es gibt noch eine dritte, und die habe ich bis jetzt für mich behalten.« Rasno lächelte und sah nacheinander von Landor zu Gwenda und zurück, um sicher zu sein, dass er ihrer beider Aufmerksamkeit hatte.

»Landor ist einer unserer besten und aufrichtigsten Soldaten. Er ist rechtschaffen, ehrlich und ehrenhaft. Er schätzt dich und du bist ihm treu ergeben. Es wäre gegen den Wunsch der Götter, die dich zu ihm geführt haben, dich von ihm zu nehmen. Ich akzeptiere die Bindung, die sich zwischen euch aufgebaut hat. Ich übergebe dich erneut in Landors Obhut und verlange, dass er für dich sorgt und dich erhält. Dir befehle ich, ihm treu zu dienen, seine Wünsche zu erfüllen – in allen Belangen. Sei gehorsam und weiterhin ihm auf deine Weise ergeben. Schenke ihm Kinder, wenn du es vermagst.«

»Aber ... Ihr habt von mir gekostet ...« Sie war verwirrt.

»Das geschah ausschließlich zu deinem Schutz. Ich erkenne

an, dass du für Landor bestimmt bist und hoffe, einst eine ebenso treue Sklavin zu finden.«

Der Fremde beugte andeutungsweise den Kopf. »Ich werde dem Rat melden, dass ich eure Bindung, die zwischen euch gewachsen ist, anerkannt habe.«

Landor lächelte und trat erneut an sie heran. Er löste ihre Fesseln und hob sie vom Untersuchungsstuhl, auf dem ihr Saft glänzte. Er hielt sie in seinen Armen und schickte sich an, den Raum zu verlassen. An der Tür wandte er sich zu Rasno und Petja um.

»Begleitet mich, bitte«, bat er die beiden Männer.

»Das brauchst du nicht zu tun, Landor«, sagte Rasno. »Keiner verlangt das von dir.«

»Aber ich wünsche es«, sagte Landor und machte sich auf den Weg.

»Rasno, du verdammter Glückspilz«, sagte der Arzt grinsend.

Gwenda krallte sich an ihrem Herrn fest und verbarg ihr Gesicht an seiner rechten Schulter. Landor trug sie zurück zu seinem Haus. Es war ihm klar, dass sie seinen Wunsch längst erraten hatte und dass sie fürchtete, was er von ihr fordern würde. Sie würde es für ihn ertragen und er würde es genießen. Sie zitterte heftig.

»Darf ich mich vorher reinigen?«, fragte Gwenda, als er sie im Wohnzimmer absetzte.

»Ja. Aber beeil dich, wir sind hungrig nach dir.« Er klang sanft und wirkte erleichtert.

Als sie zurückkehrte, standen ihr Herr, Petja und Rasno im Raum und blickten sie an. Fragend sah sie zu ihrem Herrn.

»Ich will es, hörst du? Ich begehre, es zu sehen. Du wirst uns allen Freude schenken, uns allen dreien, Sklavin«, sagte er mit ruhiger Stimme. »Du wirst die Lust dieser beiden Männer ertragen, weil ich es wünsche, Gwenda.«

Sie ging zu ihm, kniete sich neben ihm auf den Boden und küsste seine Hand. »Ich will gern tun, was Ihr wünscht, Herr.« Sie blickte nach oben, sah ihm in die Augen.

Er las Angst in ihrem Blick.

»Was ist nun aber anders, als bei den Männern vor einigen Tagen, Herr?«, fragte sie leise.

»Die Männer von vor einigen Tagen waren nicht von mir eingeladen worden. Sie überfielen mich und hatten vor, mich zu töten und dich zu rauben. Sie nahmen und handelten gegen das Gesetz«, sagte Landor. »Diese beiden sind meine Freunde. Ich habe sie in mein Haus gebeten und möchte meine wunderschöne Sklavin mit ihnen teilen. Beiden schulde ich etwas, und da diese Form des Dankes ein Ausdruck größter Hochachtung gegenüber diesen Männern ist, tue ich es. Wir haben hier keine Frauen, die sich freiwillig an uns binden. Daher nehmen wir Sklavinnen. Und auch davon haben wir zu wenig. Von dir fordere ich, diesen Dank zum Ausdruck bringen, Sklavin«, erklärte er leise. »Du verleihst mit deinem Körper der Größe und Bedeutung meines Dankes Ausdruck.«

»Ich will Euren Dank an Eure Freunde vermitteln, mein Herr«, antwortete sie.

Rasno nickte anerkennend. »Sie ist tatsächlich sehr gut erzogen.«

»Ich werde bei dir sein«, sagte Landor. Sie schloss kurz die Augen und als sie ihn wieder anblickte, las Landor Dankbarkeit darin.

»Wo, Herr?«, fragte sie leise.

»Kommt«, sagte er mit rauer Stimme.

Sie gingen in eines der Kellergewölbe. In ihm war ein riesiges Bett aufgestellt.

»Empfange Rasno als Ersten«, sagte ihr Herr.

Sie wandte sich an das Ratsmitglied und half ihm dabei,

sein Gewand abzustreifen. Als seine Männlichkeit sichtbar wurde, schreckte sie zurück. Er gab dem Wort »riesig« eine neue Bedeutung. Seine Länge, die hart und steil von ihm abstand, reichte ihm bis über den Nabel.

Rasno schob sie zum Bett.

»Lass mich einfach gewähren, Sklavin«, sagte er leise. »Lass es zu, dass ich in dich eindringe. Es ist für eine Menschenfrau möglich, mich zu ertragen. Die Länge wird dir zwar zusetzen, aber du kannst es ertragen.«

Sie legte sich auf den Rücken und er kam zu ihr. Langsam schob er sich über sie. Landor reichte ihm eine kleine Flasche mit Öl und er massierte es sowohl auf seinen Schwanz als auch in Gwendas Spalte, die noch nicht nass war. Er ging nicht grob vor. Rasno massierte ihren Scheideneingang, bis er merkte, dass sie sich entspannte. Dann drang er mit drei Fingern in sie ein und bewegte sich in ihr, als würde er sie bereits ficken. Sie stöhnte lustvoll und schloss die Augen. Gleichzeitig spreizte sie ihre Schenkel weiter, um ihm den Zugang zu ihrer Grotte zu erleichtern.

Seine Bewegungen wurden stärker und er drückte noch einen vierten Finger in sie. Sie keuchte auf. Jedem war klar, dass sie es lustvoll fand, was Rasno mit ihr tat.

Dieser lächelte Landor zu. »Du bist tatsächlich ein glücklicher Mann«, gab Rasno zu, bevor er sich vorbeugte und ihre Spalte leckte.

Gwenda erkannte, dass dieser Mann große Erfahrung im Umgang mit Frauen hatte. Er wusste, wie er sie berühren musste, um ihr Lust zu verschaffen. Er würde sie benutzen, aber nicht vergewaltigen. Diese Erkenntnis machte sie geil. Stöhnend drückte sie sich seinen Fingern entgegen.

Bald war sie erregt. Fast hätte sie darum gebettelt, endlich benutzt zu werden. Aber sie fürchtete, Landor damit zu beleidigen. Wimmernd nahm sie die harten Fingerstöße entgegen, die erst aufhörten, als sie keuchend den Höhepunkt erreichte. Grinsend schob sich Rasno ganz über sie und drückte seinen unglaublich langen Schwanz in ihre Enge hinein.

Gwenda wimmerte, aber sie wich ihm nicht aus.

Landor sah, wie sie massiv gedehnt wurde. Sein Freund Petja neben ihm stöhnte und massierte sich im Schritt.

»Sklavin«, keuchte Rasno, »ich werde viel von dir fordern, gehorche mir.«

Sie blickte ihm ins Gesicht, nickte stöhnend und ließ es zu, dass er sich über sie beugte, um sie zu küssen. Dann drang er tiefer in sie ein. Augenblicklich begann er, sie heftig zu ficken. Sein Becken bewegte sich unaufhörlich und er nagelte sie, während er sich mit einer Hand neben ihr abstützte, damit sie nicht sein Gewicht zu tragen brauchte. Mit der freien Hand umfasste er ihr Kinn und hielt es fest, um sie immer wieder küssen zu können. Er flüsterte ihr Worte zu, die sie erregten, obwohl sie nichts von dem, was er sagte, verstand. Rasno stöhnte vor Lust und sie wimmerte bei jedem seiner Stöße. Wieder hielt er ihren Kopf, als sie ihn zurückwarf und ihre Lust aus sich hinausschrie. Rasno flüsterte ihr etwas zu und sie weinte vor Lust. Zeit gab es nicht mehr. Es gab nur diesen riesigen Mann, der seinen langen Schwanz hart und schonungslos in ihr versenkte. Erneut rang er ihr einen Höhepunkt ab, ohne sich selbst einen solchen zu erlauben.

Seine Hand glitt an ihren Hals, streifte ihre Brüste und kehrte zurück, um ihren Kopf festzuhalten, als er sie erneut küsste, seine Lippen über ihr Gesicht streifte und sie dabei unglaublich rasch und heftig fickte. Wiederholt küsste er ihren Mund und sie kam erneut. Er verströmte sich in ihr und blieb hart. Danach fickte er sie heftiger als zuvor, bevor er sie auf den Bauch rollte und erneut in sie eindrang. Er benutzte sie schonungslos, um seine Gier zu stillen. Ihren Kopf zog er in der neuen Stellung nach hinten, indem er sie an den Haaren packte. Er küsste weiterhin ihr Gesicht, während er sich in sie trieb. Sie weinte vor Lust und Erschöpfung, doch Rasno kümmerte sich nicht darum und fickte sie weiter. Abermals wechselte er die Stellung und kehrte zu der ursprünglichen zurück.

Gwenda nahm nichts anderes mehr wahr, als diesen Schwanz, der sich unaufhörlich und immer rascher in sie trieb. Sie fühlte seinen Mund auf dem ihren, seine Hand auf ihren Brüsten und ihrem Hals. Noch nie in ihrem Leben war sie einem vergleichbaren Lust-Ritual ausgeliefert gewesen. Als er sich zum wiederholten Male in sie ergoss und sie zu einem weiteren Orgasmus zwang, brach sie zusammen. Da ließ er von ihr ab und streichelte sie sanft.

»Du bist noch nicht an die Ausdauer der Männer dieses Planeten gewöhnt, daher unterbreche ich hier«, sagte er. »Die Götter müssen deinen Herrn lieben, dass sie dich ihm geschickt haben.« Er küsste sie noch einmal leidenschaftlich und ließ endlich von ihr ab.

»Petja, nicht länger als drei Stunden«, sagte Landor.

Petja nickte und näherte sich Gwenda. Auch er war stattlich ausgerüstet. Kaum war er bei ihr, drang er auch schon in sie ein. Obwohl er sehr dick war, war es leicht für ihn, denn Gwenda war noch nass von der ersten Vereinigung. Auch Petja fickte sie rasch und tief.

Plötzlich packte Landor ihre Arme und fesselte sie an das Kopfteil des Bettes. Er küsste sie leidenschaftlich und überließ Petja ihren Körper. Wehrlos ausgeliefert wurde Gwenda mehrmals mit seinem Samen gefüllt, wobei er mit ihrem Körper spielte, als wäre sie sein Instrument. Als Rasno und Landor je ein Bein anhoben und bis zu ihren Schultern hochzogen, drang Petja noch tiefer in sie ein. Sie schrie bei jedem seiner tiefen Stöße, doch sie genoss auch die Gier des Mannes, der sie gerade benutzte. Auch wenn sie ihm wehrlos ausgeliefert war, aus ihrer Scheide trieften ihr Saft und der der Männer.

***

Nach drei Stunden zog sich Petja zurück.

Er verließ mit Rasno den Raum, während Landor mit seiner Sklavin zurückblieb. Er wollte sie zurückmarkieren. Dabei gönnte er ihr keine Sekunde Ruhe, bis sie im Morgengrauen erschöpft einschlief. Nur widerwillig trennte er sich von ihr. Sie roch nach drei Männern. Sie hatte sich gefügt, wie er es sich gewünscht hatte. Stolz erfüllte ihn und so etwas wie Glück.

***

Petja kam am Vormittag, um bei Gwenda zu sein, während Landor Rasno aufsuchte. Petja sprach freundlich mit ihr, aber er näherte sich ihr nicht mehr.

Nun wusste Gwenda tatsächlich, wo der Unterschied lag. Nie würden Petja oder Rasno sie benutzen. Nur, wenn sie von Landor eingeladen wurden, würden sie es erneut tun. Das gab ihr ein Gefühl von Sicherheit.

***

»Du hast mir ein großes Geschenk gemacht«, sagte Landor zu Rasno, als sie zusammen ein Glas Prantra tranken, ein Getränk, das Wein ähnlich war.

»Du liebst sie«, stellte Rasno fest. Bedauern lag in seiner Stimme. »Ich wollte, es wäre anders gewesen, aber als ich es erkannte, gab es keine andere Möglichkeit für mich, als diese Entscheidung zu treffen.«

»Ich schulde dir Dank«, meinte Landor ernst. »Sie ist meine Sklavin und sie wurde von ihrem ehemaligen Herrn darauf trainiert, vielen Männern zu gehorchen. Ich bin bereit, sie mit dir zu teilen, bis du eine eigene Sklavin gefunden hast.«

Rasno sah ihn überrascht an. »Aber wie geht es Gwenda dabei?«

»Sie wird alles tun, was ich von ihr wünsche. Da sie mein Kind trägt, besteht gerade keine Gefahr, dass du sie schwängerst.«

»Gern würde ich ein Weib schwängern, Landor«, gab Rasno zu. »Ich würde auch gern mein Junges von einer Sklavin für mich austragen lassen.«

»Dann gebe ich dir ihren Körper für die nächste Schwangerschaft«, schlug Landor vor.

»Landor«, sagte Rasno ernst, »du wirst sie zerstören, wenn du sie an andere Männer ›verleihen‹ würdest! Dass du sie gestern mit mir und Petja geteilt hast, reicht. Aber verlange ihr nicht zu viel ab.«

»Warum? Sie macht es doch gut.« Landor war überrascht.

»Landor, sie liebt dich«, sagte Rasno leise.

»Du meinst, sie gehorcht mir.«

»Nein, sie liebt dich! Sie hätte ihr Leben gegeben, um das deine zu schützen.« Rasno sah seinem Freund in die Augen.

Ungläubig schüttelte dieser den Kopf. Das, was Rasno ihm hier offenbarte, war einfach unmöglich!

»Landor, das, was euch beide verbindet, ist etwas ganz Wertvolles. Gib darauf Acht«, fügte Rasno hinzu.

Rasno meinte es ernst und Landor war bis in sein Innerstes erschüttert. Seine Sklavin liebte ihn ... Wer hatte je davon gehört, dass eine Menschenfrau einen Riesen, einen Soldaten, dem sie als Sexsklavin zu dienen hatte und dem sie zur Schwängerung übergeben worden war, lieben würde. Und doch wusste er mit einem Mal, dass Rasno recht hatte.

***

Landor kehrte nach Hause zurück und besprach sich mit Petja. Auch dieser war der gleichen Ansicht wie Rasno.

»Ich bin damit einverstanden, wenn du sie ab und zu besteigst, bis die nächsten Sklavinnen kommen«, meinte Landor.

»Das werde ich vielleicht annehmen«, stimmte Petja zu und verabschiedete sich einige Zeit später.

Landor ging zu seiner Sklavin. Er weckte sie und rollte sie auf den Bauch. Von hinten hob er ihre Hüfte hoch, zog ihre Pobacken auseinander und machte sich mit Lippen, Zunge und Zähnen über ihre Scham her. Er leckte sie nass und zum ersten Höhepunkt. Ihr Saft berauschte ihn immer wieder aufs Neue. Er konnte nicht anders, als sie weiter zu lecken, bis sie noch einmal kam.

»Du bist besser als jede Hure«, knurrte er.

Er fühlte, dass sie seinen Schwanz mit ihren Händen massierte, während er sie auf diese erniedrigende Weise leckte und benutzte. Wie geschickt sie war, wenn es darum ging, sein Geschlecht zu erreichen.

»Wenn du so weitermachst, ficke ich dich einen Tag lang«, keuchte er.

Er glitt über sie und drückte sie auf das Bett. An ihrer Poritze rieb er sein hartes Glied, bis sie lustvoll keuchte und ihn anflehte, er möge sie endlich nehmen und seine Lust an ihr stillen. Er schob sich über sie. Dabei leckte er ihren Rücken und ihren Nacken. Er küsste sie hinter dem Ohr. Seine Hände glitten zu ihren Brüsten, die zwar auf dem Bett lagen, aber er zwang seine Hände unter die runden Wölbungen und quälte ihre Nippel, bis sie sich stöhnend unter ihm bewegte. Er stütze sich auf seinen Armen ab, um sie nicht mit seinem Gewicht zu begraben. Ohne sein Glied mit den Händen zu führen, drang er in sie ein. Seine Finger drücke er an ihre

Scham. Sie kam augenblicklich. Er keuchte und schloss die Augen. Kurz verharrte er und fühlte, dass er sie noch immer dehnte. Wie oft hatte er sie schon geritten, wie oft war er tief in ihr gewesen und noch immer war sie so eng, dass er sie bei jeder Penetration dehnte. Selbst, nachdem sie von Rasno und Petja gefickt worden war, war sie um sein Geschlecht herum noch eng.

Sie wimmerte und bewegte sich lustvoll unter ihm. Das war zu viel für ihn – er fickte sie. Hart und tief. Sie schrie vor Lust und er wurde noch härter. Als er müde wurde, sich abzustützen, legte er sich vorsichtig auf sie, ohne aufzuhören, sie tief und hart zu ficken. Er griff unter ihre Arme und umfasste von unten ihre Schultern. Er küsste die Haut über ihren Schulterblättern und ihren Rücken erneut und nagelte sie dermaßen hart, dass sie immer wieder kam. Gequält schrie sie ihre Lust aus sich heraus und er fickte sie, ohne sich zu unterbrechen. Dass sie ihn mit ihrer Scheidenmuskulatur massierte, gefiel ihm außerordentlich gut.

Als sie noch einmal kam, erhob er sich, ohne sich von ihr zu trennen. Er packte ihr Gesäß und drückte es seinem Schwanz entgegen, der weiterhin pausenlos in ihr ein- und aus- und wieder hineinfuhr. Sie schrie vor Lust.

Dann zog er sie mit sich, hob sie einfach auf seine Arme und trug sie zum Tisch. Er legte sie mit dem Oberkörper darauf ab und stellte ihre Beine auf den Boden. So fickte er sie weiter. Auf diese Weise würde er länger durchhalten. Endlich verströmte er seinen Samen in ihr und zog sich zurück, um sie mit seinen Fingern weiter zu dehnen und zu bearbeiten. Sie weinte, als er drei Finger in sie schob.

Schließlich hatte er ein Einsehen und drehte sie auf den Rücken. Langsam begann er, sie mit einem pflegenden Öl zu massieren, bis ihr Körper glänzte.

***

Als er später mit ihr zum Bett zurückkehrte, befahl er Gwenda, ihn zu reiten. Sie tat es zu seiner vollsten Zufriedenheit. Erneut kam sie und sackte auf seine Brust. Doch er wollte noch mehr von ihr. Er stützte sich auf seinen Armen ab und setzte sich so auf das Bett, ohne sich von ihr zu trennen.

»Liebes«, flüsterte er in ihr Ohr, »umschließ mich mit deinen Beinen und drück dich an mich.«

Sie tat es.

»Und jetzt stütz deine Beine ab und fick dich an mir«, verlangte er.

Sie verstand nicht gleich, aber er drückte sich tiefer in sie und endlich begriff sie. Sie fickte sich an seinem harten Stab, der noch in sie ragte. Landor umfasste sie, knetete ihre Hinterbacken und schob zwei Finger in ihren Anus. Sie schrie und wand sich auf ihm. Es war für ihn wundervoll, wie sie sich auf ihm bewegte. Er erreichte mit einem Schrei, der tief aus seinem Inneren kam, sein lustvolles Ziel.

Zufrieden fühlte er diesem Erlebnis nach. Sie war seine Bestimmung. Daran war nicht zu zweifeln. Sie schenkte ihm Lust, wie keine andere Frau jemals zuvor. Sie war wie eine Droge. Landor konnte sich einfach nicht von ihr trennen. Rasch zog er sich zurück, warf sie auf das Bett und befingerte sie. Mit vier Fingern fickte er sie zum nächsten Höhepunkt und sie kam, wie er es ihr abforderte.

Sein Samen klebte auf seiner Hand und als sie gekommen war, befahl er ihr, seine Hand sauberzulecken. Sie gehorchte mit geschlossenen Augen und sah wunderschön aus, wie sie seinen Wunsch hingebungsvoll erfüllte.

Gwenda war am Ende ihrer Kraft und schlief ein, noch bevor er sich neben sie legte. Er lächelte zufrieden. Genauso sollte es sein. So wollte er seine Sklavin haben: in den Schlaf gefickt. Das Programm gefiel ihm gut.

***

Im Morgengrauen weckte er Gwenda. Sie lag auf dem Rücken. Er hob ihr Becken an und schob es seinem Mund entgegen. Ihre Beine ließ er sie nach oben strecken und fesselte sie an eine Kette, die von der Decke über dem Bett angebracht war. Dabei spreizte er ihre weißen Schenkel. So bot sich ihm ihre Grotte als Liebeskelch. Er beugte sich über sie und quälte sie mit seinem Mund und mit den Händen, bis sie heiser war vom Schreien. Wie sehr liebte er es, mit seinen Fingern ihre Grotte auszutasten, tief in sie einzudringen. Entzückt beobachtete er, wie einfach sich ihre Klitoris aus der Hautfalte schälen ließ. Dieses Lustorgan wirkte größer als normal, wenn sie so erregt war, so wie jetzt. Gwenda war unglaublich empfindlich an diesem Punkt. Sie dort zu lecken und zu saugen, machte sie wirklich verrückt. Ihre Schreie kamen nun wimmernd und ihre Scheide floss dabei über. Begeistert trank er ihren Saft, der so köstlich schmeckte und so unwiderstehlich duftete, wie bei keiner anderen Frau. Die Götter hatten diese lustvolle Frau nur für ihn geformt, dessen war sich Landor sicher.

Wieder saugte er sich an ihrer Klitoris fest und sie schrie auf. Ihr Körper zitterte unkontrolliert und er richtete seinen Blick auf ihr Gesicht. Kam es ihm nur so vor, oder war ihr schlanker Bauch ein wenig gewölbt? Würde es bald zu sehen sein, dass sie sein Junges trug? Bei allen Göttern, der Gedanke machte ihn an – es würde sichtbar werden, dass er seiner Aufgabe, sie zu besamen, sofort nachgekommen war. Seine Hoden taten weh und er sehnte sich nach Erleichterung. Die Laute, die seine wunderschöne Sklavin von sich gab, waren völlig unzusammenhängend und unverständlich. Er erinnerte sich daran, dass der Arzt gefordert hatte, ihre Scheide täglich zu dehnen. Er würde ihr nicht seine Faust zumuten, denn sie war viel größer, als die des Arztes. Aber vier Finger, das würde sie schon gut vorbereiten.

Rasch brachte er sie erneut zu einem Orgasmus. Aus ihrer Scheide tropfte ihre Nässe. Er war hart und berauscht von ihrem Duft, ihrem Saft und von ihren Reaktionen auf ihn. Endlich senkte er ihr Becken soweit ab, dass es wieder auf dem Bett lag. Die Beine behielt er nach oben gestreckt. Er legte sich auf sie, drang kraftvoll in sie ein und fickte sie so hart und tief, bis ihn die Kräfte verließen und er sich ganz in seiner Lust verlor.

***

Die Wochen, die sie zusammen verbrachten, waren für ihn einfach wunderbar! Doch so langsam musste Landor daran denken, wieder in den Krieg zu ziehen. Er war Soldat und wurde intergalaktisch dort eingesetzt, wo gekämpft wurde. Auch wenn ihm sein Status als Soldat, der für die Zucht von Nachkommen zuständig war, eine Sonderstellung verschaffte und er monatelang Urlaub dafür bekam, so blieb er doch Soldat.

Seine Sklavin für drei Monate verlassen zu müssen, gefiel ihm nicht, noch dazu, da ihr Bauchumfang stark angeschwollen war. Sie würde wahrscheinlich bald das Kind bekommen. Der Arzt kontrollierte ihre Schwangerschaft und sagte immer wieder, dass er sich vorstellen konnte, dass sie die Geburt schaffen könnte. Landor hoffte, dass es so sein würde.

***

Die Geburt setzte unerwartet in der Nacht ein, noch bevor Landor zu seinem nächsten Einsatz aufgebrochen war – viel früher, als vorausgesagt.

Gwenda war unförmig geworden. Jedenfalls empfand sie sich so. Landor war begeistert von der Fülle ihrer Brüste und der Weichheit ihrer Grotte. Sie war dehnbar und nahm ihn leichter auf, als je zuvor. Nun schaffte er es auch gut, sie mit seiner Hand zu dehnen.

Landor fand sie eines Nachts, als er von einer Besprechung mit Rasno zurückkehrte, auf dem Bett liegend und sich in Wehen windend. Allerdings verbiss sie sich jeden Laut.

»Ich bringe dich zum Arzt«, sagte Landor bestimmt.

»Nicht, Herr, bitte«, wimmerte Gwenda. »Ich will ihn nicht.«

»Ich kann dir nicht helfen«, erwiderte er streng. Er würde sie keiner unnötigen Gefahr aussetzen. Da brach das Wasser und die Geburt setzte ein.

Landor holte den Arzt in sein Haus und dieser untersuchte sie.

»Weit fortgeschritten«, stellte er fest. »Sie muss schon den ganzen Tag Wehen gehabt haben.«

Landor sah auf Gwenda. »Hattest du Wehen?«

»Ich hatte Kreuzschmerzen. Aber erst als Ihr fortgegangen seid, setzten die Wehen ein. Ich dachte, da es die erste Geburt ist, würde diese Zeit sowieso länger andauern«, rechtfertigte sie sich. Wieder stöhnte sie auf, da die nächste Wehe einsetzte.

»Das Kind ist sehr groß und ich bin mir nicht sicher, ob sie es schafft«, informierte der Arzt Landor leise, nachdem er sie genauer untersucht und auch den Bauch abgetastet hatte.

Landor war erschüttert. Ihm wurde bewusst, sie verlieren zu können, denn viele Sklavinnen starben bei der Geburt der Kinder, die für ihren Leib zu groß waren, da die Gene der Väter dominant waren. Mit einem Mal wurde ihm klar, dass er sie nicht verlieren wollte. Er wollte sie bei sich behalten, sie weiter mit seinem Samen anfüllen, ihr Kinder in den Leib setzen und sie besteigen. Ja, das alles! Aber vor allem wollte er sie bei sich haben. Ihre Gesellschaft war angenehm und seit sie in sein Leben getreten war, war es bunter geworden. Die Gespräche, die er mit ihr führte, waren erbaulich. Sie hatte Sinn für Humor und war einfach liebenswert.

Gwenda ertrug die Schmerzen fast stumm, und als die Geburt weit genug fortgeschritten war, presste sie das Kind aus ihren Leib. Ihre Schmerzen waren fast unerträglich und hörten einfach nicht auf, aber sie konnte trotzdem damit umgehen.

»Sie ist unglaublich diszipliniert«, meinte der Arzt anerkennend. Er wunderte sich aber schon, dass ihr Körper sich weiterhin unter Wehen verkrampfte und untersuchte sie. Erstaunt stellte er fest, dass sie noch ein Kind in sich trug. Er spritzte wehenfördernde Medikamente und quälte Gwenda mit einer raschen zweiten Geburt. Die Wehen waren nicht mehr beherrschbar und Gwenda wimmerte nun unter dem schmerzvollen Ansturm der rasch aufeinanderfolgenden Wehen.

Das zweite Kind wurde nur wenige Minuten später geboren. Gwenda war total erschöpft, als sie beide Jungen in ihren Armen hielt. Sie sah auf zu ihrem Herrn, der stolz auf seine Kinder blickte.

Sie wollte gerade einen Jungen an ihre Brust anlegen, als Landor sie stoppte.

»Du weißt, dass du die Babys abgeben musst. Du darfst sie jetzt anlegen, aber es ist nicht üblich, sie zu behalten.«

Erschrocken blickte sie Landor an. Dann erinnerte sie sich daran, wie sie darüber gesprochen hatten.

»Ich ... könnte sie ernähren«, flüsterte sie. Sie wusste, sie hatte kein Mitspracherecht. Aber sie wünschte sich so sehr, die Kinder bei sich behalten zu dürfen.

»Wie gesagt, Sklavin, das ist nicht üblich«, sagte er leise.

»Ich wollte nur, dass Ihr es wisst, Herr«, sagte sie resignierend und legte den einen Jungen an die rechte und den andren Jungen an die linke Brust an.

Landor betrachtete die drei und fasste einen Entschluss ...

***

Zwei Tage später kam Rasno zu ihnen. Gwenda hielt ihre Kinder an sich gepresst. Er war das Ratsmitglied, das wieder einmal über ihr Schicksal bestimmten würde. Dieses Mal würde er die Kinder von ihr und mit sich nehmen. Verzweiflung lang in ihrem Blick, als sie ihm entgegensah.

Rasno trat zu Landor.

»Bist du dir sicher, mein Freund?«, fragte Rasno.

»Ja«, sagte Landor und seine Stimme war fest.

»Dann sei es so, vorausgesetzt, sie ist damit einverstanden«, gab Rasno zu bedenken.

»Sie weiß es nicht.«

»Oh!«, meinte Rasno und blickte zu Gwenda.

Gwenda fühlte Panik aufsteigen. Was würde er tun? Würde er sie verschenken? Hatte sie ihn mit ihrer unausgesprochenen Bitte verärgert? Dabei hatte sie sich so bemüht, diese Bitte nicht als solche vorzubringen.

Rasno trat zu ihr. »Landor möchte dir ermöglichen, die Kinder bei dir zu behalten, weil er fühlt, dass es dein innigster Wunsch ist«, begann er.

Sie sah zu Landor, der ihren Blick stumm erwiderte.

»Das geht aber nach unserem Gesetz nur dann, wenn du ... seine Gefährtin bist«, sprach Rasno weiter.

»Ich werde alles tun, was das Gesetz verlangt, um die Kinder bei mir zu behalten«, sagte sie verzweifelt.

»Du musst Landor zum Gefährten nehmen, Gwenda.«

»Und was bedeutet das?«, wollte sie wissen.

»Auf der Erde nennt ihr es Hochzeit«, erklärte Rasno ruhig.

»Herr? Wollt Ihr das?«, fragte sie verwirrt.

»Ja«, gab Landor zu.

»Willst auch du das?«, fragte Rasno Gwenda.

»Ja.« Ihre Augen strahlten, als sie zu Landor blickte. Sie liebte ihn – ein Blinder konnte das sehen.

»Dann werde ich die rituellen Worte vortragen«, sagte Rasno. Er sprach, aber Gwenda hörte kaum, was er sagte. Ihre Hand ruhte in der ihres Herrn und die Kinder lagen neben ihnen in den kleinen Bettchen, die Landor für sie gemacht hatte.

Eine halbe Stunde später war Gwenda Landors Gefährtin. Sie war überglücklich und konnte es einfach nicht glauben. Tränen des Glücks liefen über ihre Wangen.

»Das war eine weise Entscheidung«, sagte Rasno, bevor er sich zum Gehen wandte.

»Ich hätte die Kinder nicht weggeben können. Es hätte Gwenda zu sehr gequält, und diesen Schmerz hat sie nicht verdient«, meinte Landor.

Gwenda lächelte ihn dankbar an.

Rasno nickte. »Vergiss nicht, du musst morgen die Namen deiner Söhne beim Rat eintragen lassen. Hast du dich schon für welche entschieden?«

»Ich habe an Lendonor und Gwandor gedacht«, sagte Landor und blickte auf seine neue Gefährtin, die ihren Kopf hob und ihn überrascht ansah.

»Schöne Namen«, bestätigte Rasno. »Es sind alte Namen von tapferen Kriegern, und fast könnte man meinen, sie sind eine Kombination deines Namens und des Namens deiner Skl… äh … Gefährtin.«

»Die Götter scheinen es so gefügt zu haben, mein Freund.« Landor blickte zu Gwenda.

»Ich muss aufbrechen«, sagte Rasno. »In weniger als einer Stunde landet ein Raumschiff von der Erde und wir wissen nur, dass zwanzig Frauen darauf sind. Eine von ihnen wird mir gehören. Ich werde auf dem Weg dorthin noch beim Rat vorbeischauen und die Namen deiner Söhne an Gondol, dem Schreiber, weitergeben, damit er sie einträgt.« Rasno wirkte ein wenig nervös.

»Danke, mein Freund. Wenn ich dir einen Rat für die Auswahl deiner Sklavin geben darf: Nimm die, die im Raumschiff bleibt und nicht flieht.«

»Ich werde deinen Rat beherzigen«, lachte Rasno und verließ das glückliche Paar. Er nannte, wie versprochen, die Namen der Kinder dem Schreiber Gondol und dieser trug die Namen in die Liste der Neugeborenen ein. Im Anschluss schlug Rasno den Weg zum Landeplatz des Shuttles ein.

Landor beobachtete seine Gefährtin, die seine Söhne stillte. Ihre Brüste waren prall und einladend. Es fiel ihm schwer, sie nicht zu berühren oder zu streicheln. Gwenda war noch schöner geworden. Voller, runder, weiblicher. Ihre Sanftheit tat den Kindern gut. Bedauernd dachte er daran, dass er in einem Monat wieder in den Kampf ziehen würde. Durch die Geburt seiner Kinder war zwar sein Urlaub verlängert worden, jedoch war ihm bewusst, dass er schon bald wieder als Soldat zum Einsatz kommen würde. Aber er würde wissen, dass seine Kinder, jedenfalls diese beiden hier, eine gute Versorgung hatten. Dieses Wissen tat gut.

»Herr«, flüsterte Gwenda.

Er sah sie an und sagte: »Du solltest mich ab heute bei meinem Namen nennen. Denn du bist nun meine Gefährtin und eine Freie.«

»Ihr werdet immer mein Herr sein. Das Leben, das ich neben Euch bis jetzt geführt habe, gefällt mir. Es war von

Anfang an meine Bestimmung, mein Leben als Sklavin zu führen. Etwas anderes habe ich nicht gelernt. Schon auf der Erde habe ich mich aus freiem Willen für diese Stellung entschieden. Es war mein Wunsch, mich einem Mann als Sklavin zu schenken. Auch, wenn ich nun offiziell den Rang einer Freien habe, so will ich in diesem Haus doch das sein, was ich gern bin. Wenn Ihr es mir gestattet, würde ich Euch gern weiterhin als Eure Sklavin dienen.« Unsicher sah sie ihn an.

Landor hob eine Augenbraue. Das war tatsächlich interessant. Er hatte noch nicht darüber nachgedacht, wie das Leben weitergehen würde, wenn Gwenda aus der Sklaverei entlassen wäre. Da sie sich ihm weiterhin als Sklavin anbot, löste sie Probleme, über die er bald hätte nachdenken müssen. Gwenda war klug. Was immer sie dazu bewogen hatte, ihm das anzubieten, es war der Schlüssel für eine geregelte Ordnung in seinem Haushalt.

Also nickte er.

»Ich habe noch eine Frage, Herr.«

»Nun?«

»Ihr sagtet einmal, dass Ihr bereits zwei Kinder hättet, die in einem Kinderheim aufgezogen werden«, begann sie.

»Was ist mit ihnen?«, fragte er überrascht.

»Denkt Ihr, diese Kinder würden gern bei Euch in diesem Haus aufwachsen? Wäre es erlaubt, sie zu uns zu holen?« Ihre Stimme war leise, wie immer, wenn sie etwas Bedeutungsvolles sagte.

»Du würdest meine Kinder akzeptieren? Du würdest sie hier mit unseren gemeinsamen Kindern großziehen?«, fragte er und dachte, er hätte sich verhört.

»Es sind Eure Kinder. Wie alt sind sie?«

»Mein erster Sohn Landonin ist vier Jahre alt, mein zweiter

Sohn Landolon ist zwei. In diesem Alter sind Kinder anstrengend.« Er wies sie absichtlich darauf hin und beobachtete sie sehr genau.

»Ich denke, wir sollten ihnen die gleiche Chance geben, wie unseren beiden Söhnen«, sagte sie und wich seinem Blick nicht aus.

»Landonin und Landolon sind mein Fleisch und Blut, aber nicht deines«, erinnerte er sie.

»Ihr denkt, ich würde einen Unterschied machen?«

Er schwieg.

Sie schüttelte den Kopf. »Niemals. Ihr könntet über mich wachen und mich in die Schranken weisen, sollte ich etwas falsch machen. Ich würde jede Strafe annehmen, sollte ich Euren Zorn diesbezüglich entfachen.«

»Ich werde darüber nachdenken, Gwenda.« Er streichelte ihre Wange. »Dein Angebot berührt mich. Denn in mir trage ich tatsächlich diesen Wunsch, die Kinder bei mir zu haben. Nun gibst du mir die Gelegenheit dazu. Ich wünsche, dass du dich zwei Wochen allein nur um unsere gemeinsamen Söhne kümmerst. Danach werden uns Landonin und Landolon besuchen. Dann werde ich die Entscheidung treffen.«

»Danke, Herr.« Sie sah ihm in die Augen und wirkte tatsächlich glücklich.

Er küsste sie auf die Stirn. Diese Frau überraschte ihn immer wieder. Sie war unbeschreiblich in ihrer Hingabe und voller Überraschungen. Und sie war seine Gefährtin. Die Götter liebten ihn, daran zweifelte er nicht eine Sekunde.

Rasno und Enza

Rasno stand abseits und beobachtete die Landung des Spaceshuttles. Die Männer um ihn herum waren aufgeregt. Dieses Mal waren zwanzig Frauen von der Erde hergeschickt worden. Zwanzig Verbrecherinnen, die sich entschieden hatten, hierher zu kommen und als Lustsklavinnen zu dienen, statt auf der Erde für ihr Verbrechen hingerichtet zu werden. Rasno dachte an Gwenda. Ihr Herr Landor, jetzt ihr Gefährte, hatte ihm erzählt, dass sie behauptet hatte, kein Verbrechen begangen zu haben. Diese Geschichte irritierte ihn. Die Anzahl, der dieses Mal geschickten Frauen, war überraschend hoch. Rasno nahm sich vor, alle Fälle zu prüfen. Was, wenn hier Frauen hergeschickt wurden, die gar kein Verbrechen begangen hatten? Konnte es sein, dass einzelne Fälle nicht den Vorschriften entsprachen? Bei Gwenda dürfte es so gewesen sein. Er würde auch ihren Fall prüfen.

Rasno beobachtete, dass sich die Luke des Shuttles hob und Soldaten in das Raumschiff eindrangen. Augenblicke später erklangen Schreie. Mädchen und Frauen stürzten aus dem Raumschiff und rannten weg. Panisch und weinend. Die Soldaten folgten den Frauen, die in alle Himmelsrichtungen davonstoben. Erst langsam begannen sie, sich ein Spiel daraus zu machen, sich eine Sklavin zu einzufangen. Sie wussten, dass sie nicht lange brauchen würden, eine Sklavin für sich zu bekommen. Sie vorher noch ein wenig zu jagen, das gefiel den Männern offensichtlich. Diese Soldaten hatten ihren Dienst außerordentlich tapfer und treu verübt. Eine eigene Sklavin war ihre Belohnung – und es gehörte zu den besonderen Auszeichnungen, da es eine hohe Anzahl an Männern auf diesem Planeten gab, allerdings deutlich weniger Frauen. Die Männer, die hier eine Sklavin einfingen, waren vom Rat bestimmt worden. Für besondere Verdienste im Kampf, für ehrenwertes Handeln oder für vorbildliches Verhalten konnte der Rat einem Soldaten eine eigene Sklavin zusprechen. Das war immer eine große Aufregung in der Schar der Soldaten. Rasno wusste, wie sehr sich der Rat um ein gerechtes Vorgehen bei dieser Verteilung bemühte. Denn auch er war als Ratsmitglied bei der Auswahl der Soldaten beteiligt.

Rasno stand dieses Mal auch auf der Liste der Männer, denen eine eigene Sklavin zugedacht war, weil er auf diesem Planeten für Recht und Ordnung sorgte. Er war Mitglied des Hohen Rates. Sein Wort war mächtig, obwohl er noch jung war, jünger als alle anderen Ratsmitglieder. Seine hervorragende Fähigkeit, Nachkommen zu zeugen, war von ärztlicher Seite festgestellt worden. Was nicht hieß, dass andere Ratsmitglieder nicht auch mit einer Sklavin bedacht werden konnten. Aber es hatte sich noch keiner der Männer, die dem Rat angehörten, um eine Sklavin beworben.

Als vor einiger Zeit eine Untersuchung durchgeführt worden war, wer von den Männern besonders fruchtbaren Samen produzierte, war Rasno im Spitzenfeld der untersuchten Männer gewesen.

Daher hatte man ihm eine Sklavin zugedacht, denn falls diese es schaffte, ihm Kinder zu gebären, dann würde er einige mit ihr zeugen können. Das gelang nicht immer. Die Männer, die hier lebten, waren der menschlichen Rasse ähnlich, jedoch gelang eine Befruchtung einer Menschenfrau nicht grundsätzlich. Eine Sklavin, die im Freudenhaus diente und welche er aufgesucht hatte, hatte seinen Samen aufnehmen können. Sie kam leider bei einem Unfall ums Leben. Aber offensichtlich war sein Samen tatsächlich fruchtbar und er würde versuchen, Nachkommen zu zeugen. Die Fähigkeit der Zeugung galt als besondere Ehre unter den Männern auf diesem Planeten. Ob es funktionieren würde, das würde an den Fähigkeiten der Sklavin liegen.

Eigentlich wollte sich Rasno gar keine Sklavin auswählen. Die Frauen waren ja ohnehin längst weggelaufen. Langsam betrat er das Raumschiff und sah sich um. Alle Plätze waren leer. Also würde eines der Mädchen oder eine der Frauen, die geflohen waren, für ihn übrig bleiben. Man würde sie einfangen und zum Arzt bringen. Danach würde man sie ihm dort übergeben und er würde sie zu sich nehmen. Eine Sklavin für ihn. Damit war er zufrieden. Er überließ gern die Wahl den Göttern. Die, die für ihn bestimmt war, würde seine Lust stillen. Dieser Gedanke erregte ihn. Ja, er würde sie mit ihrer Aufgabe und seiner Lust konfrontieren. Eine wundervolle Perspektive!

Er stand still und sah in den Raum, in dem die Frauen transportiert worden waren. Der Duft von Angst und Panik lag noch deutlich darin. Arme Wesen, gestand Rasno. Sie waren auf dem Planten, der Erde hieß, verurteilt worden, als Zuchtstuten auf einem Planeten den Rest ihres wahrscheinlich kurzen Lebens zu verbringen. Ihr Stand in der Gesellschaft auf diesem Planeten war der von Rechtlosen und jede von ihnen würde einem Mann gegeben werden. Sie selbst würden nicht wählen können. Die Männer suchten sich ihre Sklavinnen aus. Der Rat bestimmte, welche Soldaten zu den Raumschiffen gehen durften. Rasno wusste, dass die Ankunft und das Einfangen der Sklavinnen immer ein großes Spektakel war.

Viele Soldaten standen in der Nähe und beobachteten das Schauspiel. Natürlich war es eine Auszeichnung, auf der Liste zu stehen. Und jeder Soldat hoffte, dass auch er einmal an der Reihe sein würde. Es dauerte nur immer sehr lange, bis frische Frauen kamen.

Rasno musste zugeben, dass er sich darüber gefreut hatte, dieses Mal ausgewählt zu sein. Auch für ihn war es eine Auszeichnung. Seine Arbeit wurde geschätzt. Wie jeder Mann hier wünschte er sich, seine Lust auszuleben, und endlich durfte er es mit einer eigenen Sklavin tun.

Natürlich gab es Freudenhäuser auf diesem Planeten, aber Mangels Sklavinnen oder anderer Frauen waren diese überbucht. Die Sklavinnen, die dort Dienst machten, wurden stark beansprucht und mussten nach zwei Wochen Dienst mindestens eine Woche pausieren, um sich zu erholen. Auch er hatte Sklavinnen in diesen Freudenhäusern besucht. Die Frauen dort waren mit Sicherheit die ärmsten Wesen auf diesem Planeten. Er hatte ihre Dienste nur selten beansprucht. Aber es gab Zeiten, da musste er seine Lust ausleben. Er wusste, wie widerwillig die Sklavinnen in den Freudenhäusern ihrer Aufgabe nachkamen. Meist ließen sie die Lust der Männer über sich ergehen. Sie durften nicht verhüten. Wenn es einem Besucher gelang, eine Sklavin zu schwängern, dann wurde ihr ein leichterer Dienst gestattet, was jedoch zwangsläufig zu einer vermehrten Beanspruchung der anderen Sklavinnen führte.

Ab nun würde er eine eigene Lustsklavin haben. Eine, die vielleicht sogar ein Kind von ihm bekommen würde. Obwohl, das wagte er nicht zu hoffen, denn viele Menschenfrauen waren nicht fähig, von einem der Männer seiner Rasse überhaupt schwanger zu werden. Er hoffte, dass seine Sklavin nicht hässlich sein würde, obwohl er sie auch dann akzeptieren würde. Eine Sklavin rein zur Befriedigung seiner Lust, würde ihm auch reichen.

Rasno sah sich noch einmal um. Hier war niemand mehr. Es war Zeit, den Arzt aufzusuchen und zu sehen, welche für ihn übrig geblieben war.

Gerade, als er gehen wollte, hörte er ein Wimmern. Er blickte in die Richtung, aus der der Laut gekommen war und da sah er sie. Eine junge Frau. Sie hatte sich offensichtlich verstecken können oder war im Tumult übersehen worden. Hier stand eine Sklavin für ihn. Die letzte der transportierten Gefangenen, die noch im Spaceshuttle war. Rasno dachte an Landor, der ihm geraten hatte, die zu wählen, die nicht weggelaufen war.

Diese Frau war jung. Sehr jung. Zu jung, um hier zu sein!

»Wie heißt du?«, fragte er sie über die Distanz, die zwischen ihnen lag.

»Enza«, sagte sie leise. Nein, ihre Worte waren eher ein Hauch, als gesprochen. Doch er verstand sie überraschend gut.

»Warum bist du noch da?«, fragte er. Seine Stimme klang trocken.

»Man sagte, dass wir hier abgeholt würden. Es kamen Soldaten in die Kabine, die die Frauen packten. Doch einige der Frauen wollten das nicht und flohen. Daraufhin jagten die Männer sie.« Ihre Stimme zitterte, als sie sagte: »Ich weiß, auch für mich ist ein Soldat bestimmt.«

»Nicht nur Soldaten erhalten eine Lustsklavin, Enza. *Ich* werde es sein, für den du bestimmt bist, und ich bin kein Soldat. Nun, da nur noch du da bist, erkläre ich dich zu meinem Eigentum zur Erfüllung meiner körperlichen Bedürfnisse. Ich bin dein Herr, du meine Lustsklavin. Du hast mich mit Herr anzureden.«

Bei dem Wort Lustsklavin erzitterte sie. Langsam kam sie auf ihn zu, kniete sich vor ihn und küsste seine Hand. »Ich bin bereit, Herr.«

Er hob ihr Kinn und sah sich endlich ihr Gesicht in Ruhe an. Sie war noch viel jünger, als er gedacht hatte, und sie war schön. So ebenmäßige Züge hatte er selten an einer Frau gesehen. Ihr klarer Blick traf den seinen. Ihre Augen waren blau, ähnlich den seinen. Ihre rötlichen Locken reichten bis zu ihren Hüften.

»Was hast du verbrochen, dass dir die Menschen diese Strafe zumuten?«, fragte er.

»Ich habe ... getötet«, gab sie zu. Dabei wandte sie den Blick nicht ab.

»Weshalb?« Seine Stimme war plötzlich härter. Sie war eine Mörderin! So jung und doch hatte sie ein Verbrechen verübt?

»Ich bin überfallen worden und habe mich gewehrt. Dabei hab ich mich mit dem verteidigt, was ich erreichen konnte. Das war ein Stein, Herr. Damit schlug ich dem Mann, der mich überfallen hatte, auf den Kopf. Er starb sofort.« Sie holte tief Luft.

»Das ist kein Vergehen, für das man verbannt wird. Was du getan hast, bedeutet, dass du in Notwehr gehandelt hast.« Er hob eine Augenbraue. »Das ist kein Mord.«

»Der Mann war ein ranghoher Politiker. Da ich keine Familie mehr habe und somit unbedeutend bin, gibt es niemanden, der mich vermissen würde. Es war allgemein bekannt, dass zwanzig Frauen hierher gebracht werden sollten, aber bis vor dem geplanten Abflug warteten nur neunzehn Frauen im Gefängnis auf ihre Deportation. Also stand das Urteil bereits fest, bevor die Verhandlung begonnen hatte: Ich war die zwanzigste. Man brachte mich sofort nach der Verurteilung ins Spaceshuttle und wir flogen ab.«

»Du warst nicht im Gefängnis?«, fragte er ungläubig. Sie war also von den Wächtern nicht vergewaltigt worden, wie die meisten der Frauen, die hierher gebracht wurden.

»Das ist richtig. Ich war nur wenige Stunden in Untersuchungshaft im Polizeigebäude, dann war der Prozess. Danach brachte man mich sofort zum Shuttle.«

»Also haben dich die Soldaten auf der Erde auch nicht mit Gewalt genommen.«

»Nein, Herr.« Sie blickte ihm in die Augen. »Das blieb mir zum Glück erspart. Den anderen Frauen allerdings nicht. Manche waren übel zugerichtet«, erzählte sie leise. »Lora leidet noch immer an Blutungen, obwohl ...« Sie blickte ihm in die Augen und verstummte.

Er nickte ihr zu, sie sollte weitersprechen.

Also tat sie es. »Neun der Frauen, die mit mir im Shuttle saßen, sind schwer verletzt. Ihr Zustand ist nicht stabil genug, als dass sie der Lust von Männern ausgesetzt werden könnten. Aber ich nehme an, dass das hier nicht berücksichtigt werden wird.« Sie verstummte und schüttelte den Kopf. Resignierend seufzte sie.

»Das kommt auf den Soldaten an, der sie zu seinem Eigentum nimmt«, erklärte Rasno. »Letztendlich sind wir Männer und keine Monster.« Er streichelte über ihren Unterarm. »Vielleicht war diese Vorbereitung für sie nicht ganz so schlecht, denn die Männer auf meinem Planeten sind größer gebaut, als menschliche Männer, Sklavin.« Er erinnerte sie absichtlich an ihren Status.

»Aber sie sind verletzt, Herr. Daran kann ich wahrlich nichts Gutes sehen!« Sie bebte förmlich.

Rasno roch ihre Angst.

»Sie werden auch von unseren Soldaten nicht geschont werden, Enza«, sagte er. »Aber bevor sie den Männern übergeben werden, werden sie ärztlich untersucht und es wird festgestellt, ob sie überhaupt einem Soldaten dienen können. Wenn ihre Verletzungen tatsächlich so schwer sind, wie du sagst, werden ihre Herren angewiesen, sie vorläufig zu schonen, bis sie wieder gesund sind. Außerdem sorgen wir für das, was wir besitzen.« Rasno betrachtete sie aufmerksam.

Sie schwieg.

Enza war deutlich kleiner als er und reichte ihm gerade bis zu den Schultern. Sie war zierlich, ihr Becken geschwungen, was vielleicht hieß, dass es breit genug war, ihm Junge auszutragen. Er fühlte in sich den Wunsch erwachen, dass er genau das von seiner Sklavin wollte. Genau das. Ihre Beine waren im Verhältnis zu ihrem Körper lang. Wie würde es sich anfühlen, wenn sie sie um seine Hüfte legte, während er sich in ihr bewegte? Er fühlte, dass er hart war. Steinhart. Wie gut, dass er eine weite Tunika, die bis zum Boden reichte, trug. Darunter konnte er seine Lust gut verbergen.

»Wie alt bist du?«, wollte er wissen.

»Siebzehn. In zwei Tagen werde ich achtzehn.«

»Du weißt, was hier deine Aufgabe ist?«, fragte er sie.

Sie senkte den Blick, doch er erzwang ihn sich zurück.

»Weißt du es?«, fragte er noch einmal.

»Ich werde der Lust eines Mannes dienen«, sagte sie leise. Ihre Lippen bebten und er roch ihre Angst.

»Du wirst *mir* und *meiner* Lust dienen, Sklavin«, sagte er mit Bestimmtheit.

»Ja, Herr.« Jetzt zitterte sie heftiger.

»Folge mir«, verlangte er.

Sie erhob sich und gehorchte augenblicklich.

***

Enza war die letzte der Frauen, die vom Arzt untersucht wurde. Die Kleidung hatte sie ablegen müssen. Nackt lag sie auf dem gynäkologischen Stuhl, der sich von denen, die sie bis jetzt kannte, kaum unterschied, außer darin, dass die Beine viel weiter gespreizt und nach oben hin fixiert wurden. Der Arzt befingerte sie und sie sah, dass sich seine Augen vor Überraschung weiteten. Er hatte es entdeckt. Sie schloss die Augen und wagte nicht, ihren Herrn anzusehen, der alles, was der Arzt tat, genau beobachtete. Nichts schien ihm zu entgehen. Seine Augen vollzogen sogar die Bewegungen der Hand des Arztes nach, als der zwei Finger immer wieder in ihre Scheide drückte. Der Arzt stieß einen Pfiff aus.

»Frisch, Rasno. Du verdammter Glückspilz. Sie ist ganz«, sagte der Arzt und grinste seinen Freund an.

»Was meinst du, Kandor?«, fragte Rasno, der seinen Blick weiterhin auf die rosa Scham geheftet behielt und sich überlegte, ob sie wohl im Stande sein würde, sein großes Geschlecht in ihrer kleinen Scheide aufzunehmen. Das kleine Löchlein irritierte ihn. Selbst wenn sie eine Vereinigung aushielt, so würde er sie doch sicherlich dabei quälen.

»Sie ist noch unbenutzt. Du bist der Erste, der seinen Schwanz in diese kleine, enge Grotte schieben wird. Verstehst du?« Der Arzt atmete schwer. Er war erregt und hätte das Mädchen am liebsten sofort defloriert.

Rasno hob endlich den Blick zu Enza. Sie hatte Tränen in den Augen. »Dann gib sie medizinisch frei, damit ich sie mit ihrer Aufgabe vertraut machen kann«, sagte Rasno ruhig. Doch in ihm brodelte die Lust. Eine Jungfrau! Die Götter hatten ihm eine Jungfrau gesandt. Das war unglaublich!

»Ist sie gesund?«, wollte er vom Arzt wissen.

»Sie ist gesund und ihr Becken ist für eine eventuelle Befruchtung gut angelegt. Du kannst sie also verwenden, wie es dir beliebt. Aber, ein bisschen Vorsicht könnte nicht schaden.

Jedenfalls am Anfang.« Der Arzt wusch sich seine Hände, denn er hatte bei der Untersuchung keine Handschuhe getragen.

»Dann mach sie los«, sagte Rasno.

»Du könntest ja auch hier, falls du möchtest …«, schlug der Arzt vor. »Falls du sie verletzt, könnte ich gleich … du weißt schon. Manches Mal bluten sie und du bist unser Riese.« Das Lächeln des Arztes war undefinierbar.

Rasno schüttelte den Kopf. Er sah, dass durch Enzas Körper ein heftiges Zittern ging. Sie hatte gehört, was der Arzt offenbart hatte.

»Nein, Kandor. Ich bringe sie in mein Haus«, sagte Rasno mit ruhiger Stimme. Aber er konnte sich doch nicht zurückhalten. So beugte er sich über die Scham der Sklavin und leckte sie, bis sie feucht wurde. Er musste sie kosten. Sie duftete herrlich.

»Er nimmt deinen Geschmack auf«, erklärte der Arzt.

Enza fühlte Rasnos Zunge in sich eindringen. Sie versteifte sich. Es war unangenehm, vor dem Arzt so intim benutzt zu werden. Es war ihr auch peinlich, zu spüren, dass Nässe aus ihrer Scheide quoll.

Rasno hob den Kopf und sah sie zufrieden an.

»Sie muss dein Zeichen tragen, wenn du hier weggehst, sonst könnte jeder sie dir streitig machen, Rasno«, erinnerte der Arzt ihn.

Rasno trat einen Schritt zurück. Niemand wusste das besser als er selbst. Denn Rasno war es, der das Gesetz in dieser Kolonie vertrat. Er nickte und wusste, der Arzt war der Erste, der seine Sklavin besteigen wollte. Daher befreite er sie mit raschen Griffen von den Bändern, die sie auf dem Untersuchungsstuhl festgehalten hatten und führte sie auf den Platz vor dem Haus des Arztes. Er nahm das Brandeisen, das sein Zeichen darstellte und das bereits glühte. Langsam wandte er sich seiner Sklavin zu, beobachtete, wie Enza von Soldaten in die Haltevorrichtung eingezwängt wurde. Er trat an sie heran.

»Gondol, ich beanspruche die Sklavin Enza für mich. Ich habe sie im Raumschiff gefunden und sie mit mir genommen. Medizinisch betrachtet, ist sie geeignet für meine Lust. Daher mache ich sie hier und jetzt zu meinem persönlichen Eigentum«, hörte Enza den Mann sagen, der ihr Herr sein würde.

»Ich habe es aufgezeichnet, Rasno. Verfahre mit ihr, wie es erforderlich ist.« Gondol hatte den Eintrag in dem großen Buch, das vor ihm lag, verzeichnet. Später würde er alle Namen auf einem Server sichern. Dieses große Buch entsprach einer uralten Tradition und einem Ritual, das beibehalten wurde.

Rasno wandte sich an Enza. »Du wirst diesen Schmerz ertragen und dich nicht dagegen wehren, Sklavin«, verlangte er. In ihren Augen las er Panik, die sie zu unterdrücken versuchte. Rasno legte ihr eine Hand auf die linke Schulter, als wollte er sie beruhigen, ihr nahe sein bei dem, was er ihr gleich zumuten würde. Rasno fühlte, dass sie sich tatsächlich ein wenig entspannte. Er atmete tief durch und presste das Zeichen auf ihre rechte Schulter. Sie bäumte sich auf, aber sie schrie nicht. Rasno hob eine Augenbraue. Diese Sklavin, die jetzt ihm gehörte und für alle sichtbar sein Zeichen auf ihrem Körper trug, hatte eine wertvolle Eigenschaft, die er persönlich außerordentlich schätzte: Sie war tapfer. Sie hatte beim Warten die Schreie der anderen Frauen gehört, die das Brandzeichen ihres Herrn erhalten hatten. Er hatte gesehen, dass sie gezittert hatte und bei jedem der Schreie zusammengezuckt war. Jetzt schluchzte sie leise, aber sie hatte nicht geschrien, wie viele der anderen. Sie würde mit Schmerzen umgehen können. Das war erfreulich, denn seine Lust war nicht nur groß und rau, sie war vor allem dunkel.

Der Arzt stand plötzlich neben ihm und drückte etwas Grünes, was Rasno noch nie gesehen hatte, auf die Brandstelle.

»Das nimmt ihr die Schmerzen und regt die Heilung an. Die Brandstelle wird in etwa einer halben Stunde abgeheilt sein. Du wirst sie ja auch auf den Rücken legen, wenn du sie benutzt, nehme ich an. Die Wunde würde ihr nur zusätzlich Schmerzen bereiten. Das könnte ... Ach was. Ich will ihr nur ein wenig helfen ...«, murmelte er.

Rasno nickte ihm zu. Es bestand kein Zweifel daran. Kandor, der Arzt, hatte Gefallen an diesem Mädchen gefunden. Aber sie war unerreichbar für ihn. Denn sie gehörte ihm, Rasno. Es war bereits in den Schriften verzeichnet und sie trug Rasnos Brandzeichen.

»Danke, mein Freund«, sagte er ruhig. »Das ist mehr, als du tun müsstest.« Die Geste des Arztes rührte Rasno.

»Sie ist ... eine besondere Perle«, fügte der Arzt hinzu und wandte sich ab. Dann drehte er sich aber noch einmal kurz zu Rasno um. »Wenn du irgendetwas brauchst, komm zu mir. Es ist nicht nötig, sie zu quälen. Wenn es Probleme gibt, dann komm. Ich kann ihr ... euch helfen.«

»Ich weiß dein Angebot zu schätzen, Kandor«, antwortete Rasno. Langsam wandte er sich seiner Sklavin zu, die von ihren Fesseln befreit worden war. Enza war noch immer nackt, wie alle, die beim Arzt gewesen waren. Ihr Körper war attraktiv. Feste volle Brüste, hoch angesetzt, ließen seine Gedanken darum kreisen, wie es sich anfühlen würde, sie in seine Hände zu nehmen.

Rasno schob sie vor sich her. »Beeil dich, es wird Abend und es ist kühl geworden. Ich möchte nicht, dass du krank wirst.«

Die Wahrheit war, er wollte sie endlich benutzen. Sein Schwanz war hart, seit er sie gefunden hatte. Jetzt zu wissen, dass er eine Jungfrau bekommen hatte, heizte sein Verlangen an und machte es unmöglich, sich länger als nötig von ihr fern zu halten. Nicht, dass er das vorgehabt hatte, aber der Gedanke, sie noch länger zu schonen, war unmöglich geworden. Enza lief mit gesenktem Haupt neben ihm her. Die Blicke der Männer, denen sie begegneten und die sie lüstern betrachteten, konnte sie genau fühlen. Sie wagte nicht, aufzusehen.

***

Zu Hause angekommen, brachte Rasno sie in das Bad.

»Reinige dich«, verlangte er, »und geh dann durch diese Tür.« Er wies ihr den Zugang in sein Schlafgemach.

Sie nickte und gehorchte.

Es gab eine Dusche, die denen auf der Erde ähnelte. Enza genoss das warme Wasser, das über ihren angespannten Körper floss. Aber sie schaffte es nicht, sich zu entspannen. Sie wusste, was auf sie zukommen würde. Und vor allem war ihr klar, dass sie es nicht würde abwenden können.

Rasno selbst eilte in ein anderes Bad, denn es gab mehrere Reinigungsräume in seinem Haus. Mit harter Hand befriedigte er rasch seine Lust und spritzte seinen Samen in die Dusche, während kaltes Wasser über seinen heißen Körper lief. Er musste seine Lust zügeln, sonst würde er sie vergewaltigen. Das würde zwar hier niemanden stören, weil sie eine Sklavin war, er durfte ja alles mit ihr machen, aber weil er sie mochte, wollte er es ihr ersparen. Nicht etwa, dass er vorhatte, sie zu schonen – sie war eine Mörderin und er würde ihren Akt sehr genau studieren –, aber sie war noch sehr jung ...

Rasno erlangte den Höhepunkt und er biss die Zähne aufeinander, um nicht aufzuschreien. Heiß quoll der Samen aus seinem Geschlecht. Seine Hoden zogen sich zusammen und er staunte über die Menge des Samens, die er vergoss.

Zwei Mal wiederholte er es, seine Hoden zu entleeren. Aber die Samenmenge wurde nicht weniger. Er war heiß. Sein Körper hatte die Frau wahrgenommen und wollte das Feld in ihrem Schoß bebauen. Bei allen Göttern, er war nicht weniger erregt als zuvor. Sein Schwanz führte ein Eigenleben. Nein, er könnte sich noch hundert Mal hier befriedigen, sein Körper hatte nur ein Ziel ... Rasno würde seine Sklavin endlich mit seiner Lust konfrontieren. Und er würde ihre Grotte abfüllen. Randvoll abfüllen.

***

Als er sein Schlafzimmer betrat, kniete sie neben dem Bett. Er hatte sich mit einem Badetuch bedeckt, um sie nicht zu erschrecken. Es würde hart genug für sie werden, wenn er sie mit seinem Geschlecht pfählen würde. Er betrachtete sie nachdenklich. Sie strahle Angst aus. Nein, er würde ihr sein Geschlecht noch nicht zeigen, sondern versuchen, ihr etwas von der Angst zu nehmen.

»Du weißt, was ich von dir verlange?«, fragte er sie.

»Ja, Herr«, antwortete sie.

»Da es dein erstes Mal ist, werde ich dich mit deinen Gefühlen vertraut machen«, sagte er und trat an sie heran. »Leg dich auf das Bett.«

Sie gehorchte langsam.

Er gefiel ihm, dass sie tat, was er sagte. Sie fügte sich in ihr Schicksal, von dem sie nicht wusste, wie lange sie es überleben würde. Er konnte noch immer ihre Angst riechen. Sie strömte aus jeder ihrer Poren und wurde stärker.

Die nächsten Stunden würden zeigen, ob sie zu seiner Lustsklavin taugte. Was würde sein, könnte sie ihn nicht aufnehmen. Würde er sie in ein Freudenhaus bringen? Würde er sie an einen seiner Freunde weitergeben, um zu probieren, wer in sie passte? Diese Gedanken gefielen ihm alle nicht.

Denn *er* wollte sie haben. *Er* war es, dem sie zugeführt worden war. Sie musste es schaffen! Die Götter irrten nicht! Vielleicht würde sie Zeit brauchen, um seinen Bedürfnissen gerecht zu werden. Er würde ihr die nötige Zeit geben. Aber was war, wenn sie es nicht schaffte, ihn zu ertragen?

Er ging zu ihr. In seinen Händen hatte er ein Gefäß mit Öl. Damit begann er, ihren Körper einzureiben. Sie lag vor ihm und gab sich den zarten Berührungen seiner Hände hin. Als sie sich aufrichtete, drückte er sie zurück.

»Aber das ist ... «, flüsterte sie verwirrt. »Ich sollte *euch* massieren, nicht umgekehrt.«

»Dieses Mal dienst du mir, indem du alles geschehen lässt«, flüsterte er mit rauer Stimme. »Du bist unerfahren. Es wird dir helfen, dich in deine Rolle zu fügen.«

»Das ist nicht richtig. Ich bin nicht ganz unerfahren, denn auf der Reise hierher wurden uns pausenlos Filme präsentiert, in denen sehr detailliert gezeigt wurde, auf welchen Wegen sich Männer ihre Lusterfüllung wünschen«, sagte sie. »Auch eine ausführliche Information über die Größe der Geschlechter der Männer auf dem Soldatenplaneten war inkludiert. Es war sehr anschaulich dargestellt und ließ keine Fragen offen.«

»Ist das so?« Er hielt inne und lächelte auf sie herab.

Dieses Lächeln beruhigte sie aber keineswegs.

Seine Hände begannen, sich wieder zu bewegen und er massierte ihre Brüste. Kurz ließ er seine Hand auf der linken Brusthälfte liegen und fühlte ihren rasenden Puls.

»Keine Angst«, flüsterte er. »Ich werde dich vorbereiten, damit du meine Lust ertragen kannst.«

Sie sank zurück und er sah, dass Tränen über ihre Wangen liefen.

»Ist deine Angst so groß?«, fragte er sie.

»Ja, Herr«, gab sie zu.

»Ich werde sanft sein«, versprach er.

Sie schloss die Augen.

»Willst du mich denn nicht sehen?«, fragte er.

»Nein, Herr«, antwortete sie. »Ich habe jetzt schon Angst genug.«

Er fand, das war eine kluge Entscheidung, die sie getroffen hatte, denn sein Anblick würde sie auf jeden Fall in Panik versetzen.

Er massierte Enza weiter, versuchte, sie zur Entspannung zu bringen. Dann drang er mit einem Finger in ihre Spalte. Enza stöhnte und bewegte – wohl eher unbewusst – ihm ihre Hüften entgegen, als er sie intim berührte und einen Finger tiefer in sie schob. Ihre Haut glänzte im letzten Tageslicht. Sie sah aufregend und einfach zum Anbeißen aus. Ihre Brüste waren perfekt. Sie passten in seine Hände. Ihre Warzen waren hart und aufgerichtet. Es gelang ihm also, sie zu erregen, stellte er zufrieden fest. Das war gut. Ihre Reaktion auf seine Berührung gefiel ihm.

»Entspann dich, Enza«, flüsterte er.

Rasno beugte sich über ihre Scham und berührte sie mit dem Mund. Federleicht küsste er sie und registrierte, dass sie unter dieser Berührung erbebte. Seine Zunge leckte über die Spalte. Enza stöhnte. Diese nasse Zunge, die sie berührte, war rau und Rasno rieb damit an ihrer Klitoris. Enza wollte sich von ihm zurückziehen.

»Lass es geschehen«, verlangte er. »Es ist dir nicht mehr unbekannt. Ich habe dich bereits im Untersuchungszimmer des Arztes gekostet und du hast mich das tun lassen.«

Mit einem Laut, der nach Resignation klang, gehorchte sie.

»Öffne deine Schenkel für mich, Enza«, verlangte er.

Langsam tat sie es.

»Weiter!«

Es schien sie unendlich viel Kraft zu kosten, die Schenkel auseinanderzuschieben.

Sein Mund bemächtigte sich ihrer Scham, seine Zunge drang in ihre beiden Löcher und er nahm sie auf diese Weise in Besitz, bis sie wimmernd stöhnte. Dann ersetzte er erneut die Zunge mit Fingern und quälte mit seinem Mund ihre Klitoris.

»Oh Gott«, keuchte sie. »Das halte ich nicht aus.«

»Du wirst es geschehen lassen. Ich befehle es dir«, knurrte Rasno und setzte seinen sinnlichen Angriff fort.

Er forderte ihr den ersten Höhepunkt ab und sie weinte, als sie ihn erreichte. Seine Hand war voll mit ihrem Saft. Er ließ sie sich selbst schmecken, indem er seine Finger an ihre Lippen führte und sie zwang, ihren Saft abzulecken. Dann begann er erneut, sie mit seinen Lippen zu stimulieren. Sie stöhnte und wand sich. Als er an ihr saugte, drückte sie ihre Scham seinen heißen Lippen entgegen.

»Du trägst eine große Leidenschaft in dir, Sklavin«, stellte er erfreut fest. Seine Stimme klang selbst in seinen Ohren fremd. »Ich werde nicht mehr lange meine Lust bezähmen können. Deine Gabe, Lust zu empfinden, wird dir helfen, mich aufzunehmen.«

Sie kam erneut.

Zufrieden leckte er den Saft, der wie ein kleiner Bach aus ihrem Schoß floss. Die Muskulatur ihrer Scheide zuckte verräterisch und endlich schob er sich über sie, um sie zu penetrieren. Er küsste sie zärtlich.

»Es wird beim ersten Mal wehtun«, sagte er.

Sie nickte und öffnete ihre Schenkel weiter.

»Du musst deine Beine noch viel weiter öffnen, Enza.« Sein Atem ging rasch.

Als sie sein hartes Glied spürte, weiteten sich ihre Augen.

Er fühlte sich riesig an.

»Ihr werdet mich umbringen, Herr«, keuchte sie.

»Nein«, sagte er uns drückte seine Schwanzspitze noch stärker an ihre enge Pforte. »Du konntest bereits vier meiner Finger in deinem Eingang aufnehmen. Die Grotte dehnt sich ebenso, wie der Eingang, also ist es möglich, dass ich dich für mich weite.«

»Aber das, was ich fühle, ist mehr als vier Finger.« Sie wimmerte in ihrer Panik. Ihr Atem ging keuchend, als würde sie rasch laufen.

»Das ist richtig, aber ich habe die Finger gespreizt gehalten. Sorge dich nicht, ich werde darauf achten, dass mein Besitz keinen Schaden nimmt.« Er drückte den Kopf der Eichel seines steinharten Schwanzes gegen ihren Eingang und stöhnte auf. Allein dieser erste Kontakt seines Schwanzes mit ihrem nassen Geschlecht brachte ihn fast um den Verstand. Sie fühlte sich heiß und weich an. Er musste sie endlich in Besitz nehmen, sonst würde er tatsächlich den Verstand verlieren, so sehr begehrte er sie. Er hoffte, dass sie es schaffen würde, ihn zum Teil aufzunehmen.

»Ich werde langsam eindringen«, versprach er und seine Stimme klang rau. »Entspann dich so gut du es kannst.«

Unendlich langsam drückte er sich in sie hinein.

Sie wimmerte. Ihre Tränen flossen jetzt über ihre Wangen. Sie warf den Kopf in den Nacken und stieß kurze Laute aus. Als er ihr Häutchen fühlte, verharrte er.

»Entspann dich«, forderte er noch einmal.

Sie atmete schwer und er küsste ihr jetzt die Wangen, leckte ihre Tränen auf und umfasste ihr Kinn, damit sie den Kopf nicht von ihm wegdrehen konnte. Seine Lippen streiften immer wieder ihr Gesicht, ihre Lippen, ihren Hals. Er berührte sie pausenlos, seine Hände streichelten ihre Brüste, drückten sie, schlugen leicht auf sie, sodass sie sich schaukelnd bewegten. Lust explodierte in ihr und er roch ihren Saft, der ihn umspülte.

»Lass es zu«, sagte er leise.

»Ich weiß nicht, ob es möglich ist«, schluchzte sie. Sie fühlte sich ausgefüllt und unsagbar gedehnt.

»Ich werde jetzt ganz in dich eindringen«, kündete er an. »Versuche, dich weiter zu entspannen.«

Und dann presste er sich in sie. Ihr Schrei war voll Schmerz und ... Lust. Sie kam um ihn herum zum Höhepunkt und er stöhnte, weil sie ihn so fest umschloss, als hätte sie ihre Hände um ihn gelegt und würde seinen Schwanz damit zusammendrücken. Ganz versenkte er sich mit seinem großen Stab in sie und sie erstarrte unter ihm. Sie schien nicht zu atmen. Ihre Augen waren weit aufgerissen und ihr Mund stand offen, als würde sie tonlos schreien. Ihre Augen schwammen in Tränen.

»Enza«, sagte er mit angespannter Stimme.

Sie schien ihn nicht zu hören, war scheinbar unerreichbar für ihn, fast, als hätte eine Ohnmacht sie erfasst. Er steckte ganz in ihr, seine Hoden berührten ihre Pobacken, als er bewegungslos verharrte. Es kostete ihn alle Kraft, darauf zu warten, bis sie aus ihrem Zustand auftauchte.

Er knetete ihre Brüste und küsste sie unaufhörlich. Als sie stöhnend erwachte, lächelte er sie an.

»Das Schlimmste hast du geschafft, Enza«, sagte er. Seine Stimme klang fast zärtlich.

Sie stöhnte, als er begann, sich vorsichtig zu bewegen. Es war unbeschreiblich, sie zu weiten, sie zu öffnen – für ihn und seine Lust.

»Es ist so groß«, keuchte sie, als er sich noch tiefer in sie trieb.

»Ja«, stöhnte er. »Aber du hast mich aufgenommen. Ich bin ganz in dir, Sklavin.« Er fühlte, dass ihre Muskeln sich zusammenzogen.

»Es ... ahhh ...« Sie kam nach wenigen Stößen zum Höhepunkt.

Er küsste sie, flüsterte ihr Worte zu, die sie nicht verstand, die sie aber offensichtlich beruhigten und er nahm mehr und mehr von ihr in Besitz.

»Es bringt mich um, Herr«, weinte sie. Ihr Atem war keuchend. Sie wirkte, als wäre sie kilometerweit gelaufen. Schweiß stand auf ihrer Stirn und bedeckte ihren ganzen Körper. »Ich werde es nicht überstehen.«

»Du hast mich bereits ganz aufgenommen«, keuchte er und unterbrach seine Bewegung. Ernst ruhte sein Blick auf ihr. »Was ist das Problem? Ist der Schmerz unerträglich?« Er wollte nicht aufhören. Es war zu himmlisch, in ihr zu sein.

»Nein ... es tut weh, aber nicht unbedingt unangenehm ...« Sie biss sich auf die Lippen. »Ich ... ich habe das Gefühl, zu zerreißen«, gestand sie.

»Das wirst du nicht, da du mich bereits aufgenommen hast. Deine Grotte kommt mit meiner Größe zurecht, aber du musst es zulassen. Du musst es auch wollen, Sklavin«, verlangte er.

»Nein«, weinte sie. »Ich wollte nicht hierher.«

»Aber du bist nun einmal hier. Und du hast bereits deinen Dienst als Sklavin bei mir angetreten. Ich verlange von dir, dass du mir deinen Körper überlässt. Du muss es nicht gern tun, aber du *wirst* es tun!« Seine Stimme war voller Strenge.

»Es tut mir leid«, sagte sie. Sie wusste, dass ihr Herr eigentlich gut zu ihr war. Es war offensichtlich, dass er sie benutzen würde, aber nicht sinnlos grausam. Verurteilt hatten andere sie und sie hatte Glück, an diesen Mann geraten zu sein.

»Es tut mir leid«, wiederholte sie.

»Sieh mich an«, verlangte Rasno. »Sieh mich an! Ich bin dein Herr und ich bin es, der deinen Körper benutzt. Du gehörst mir. Ich werde auf dich achtgeben und dich nicht zu Schaden kommen lassen.«

Sie fühlte, dass er es ernst meinte.

Er bewegte sich, heftiger jetzt. Er dominierte sie. Immer tiefer schien er in sie einzudringen. Jedenfalls fühlte es sich für sie so an. Er stillte seine Lust immer heftiger, immer schneller. Wenn sie ihren Kopf von ihm drehen wollte, hielt seine Hand sie zurück. Seine Küsse waren heiß, seine Zunge drang wiederholt in ihren Mund, fickte diese Höhle im Gleichklang mit seinem Schwanz, der unerbittlich und ohne Unterbrechung ihre Scheide penetrierte. Er duldete keine Unterbrechung des Blickkontakts. Eine Hand vereitelte weiterhin ihre Versuche, den Kopf abzuwenden und wenn seine Lippen über ihr Gesicht wanderten, hielt eine seiner großen Hände sie am Hals fest. Nicht grob, aber unmissverständlich – er forderte ihren Dienst auf diese Weise ein. Das war es, was er von ihr begehrte.

Als er sich endlich verströmte, hatte sie das Gefühl für Zeit verloren. Der Begriff Zeit war während dieses Aktes aufgehoben geworden. Das Einzige, was zählte, war das, was sie fühlte. Das Gedehntwerden, die Bewegung des Riesengeschlechts in ihrer Scheide, das Gefühl, dass etwas in ihr explodierte – und das wiederholt immer wieder.

Auch ohne Erfahrung mit Männern gesammelt zu haben, war ihr klar, dass die Information, die sie auf dem Flug bekommen hatte, den Tatsachen entsprach. Die Männer hier waren ausdauernder als die Männer auf der Erde – und ihre Geschlechter waren viel größer. Es stimmte allerdings nicht, dass sie sinnlos grob waren. Jedenfalls nicht Rasno. Und es stimmte auch nicht, dass eine Paarung mit einem männlichen Wesen dieses Planeten sie so schwer verletzen würde, dass sie daran sofort verbluten würde. Sie lebte noch, obwohl sich der Mann, der sie zur Sklavin genommen hatte, mit ihr gepaart hatte. Und obwohl es schmerzhaft gewesen war, hatte es ihr auf eine gewisse Weise gefallen. Vielleicht verlor sie gerade den Verstand?

Rasno wusste, dass er sich zurücknehmen musste, um ihr nicht zu schaden, und brachte sich weit früher zum Höhepunkt, als er es sonst tat. Er pumpte seinen Samen in sie und hoffte, dass sie fruchtbar war. Es war ihm bekannt, dass die verurteilten Frauen auf der Erde vor ihrer Reise mit Hormonen vollgepumpt wurden. Das war üblich, um die Männer hier wild auf ihren Körper zu machen. Denn sie konnten riechen, wenn eine Frau bereit für eine Schwangerschaft war. Genau das steigerte die Lust der Soldaten enorm. Eine fruchtbare Frau besamen zu können, war der Traum eines jeden Mannes hier.

Auch Enza hatte Hormone gespritzt bekommen. Er hatte es bereits im Shuttle wahrgenommen. Das hatte ihn auch erregt. Alles an ihr erregte ihn. Er fand sie atemberaubend schön. Ihre Jugend lockte ihn. Ihre langen Beine wirkten sexy. Der Geschmack ihres Saftes machte ihn heiß. Ihre Brüste, die genau in seine Hände passten, törnten ihn an ... Sogar, wenn sie ihn ernst anblickte, fand er sie anziehend. Er hoffte, dass ihr Körper auch seinen Samen aufnehmen konnte. Dann wäre sie perfekt.

Erschöpft sank sie in sich zusammen. Sie rollte sich auf die Seite. Er nahm sie in die Arme und schlang ein Bein um sie.

»Du bist jetzt für immer mein Eigentum, Sklavin«, sagt er. »Ich habe deinen Leib markiert. Der Geruch meines Samens haftet an dir. Alle Männer hier werden es riechen und meinen Besitz anerkennen. So verlangt es das Gesetz.«

»Ich trage Euer Zeichen auf meiner Haut. Ich war schon bevor Ihr meinen Körper in Besitz genommen habt, Euer Eigentum«, sagte sie leise.

»Dieses Zeichen, es ziert dich, Sklavin. Mein Zeichen zu tragen, ist eine Ehre«, sagte er mit fester Stimme.

»Ich werde es mit Stolz tragen«, flüsterte sie. Dabei blickte sie ihm in die Augen.

Überrascht stellte er fest, dass sie nicht log. Sie meinte, was sie sagte.

Sie fühlte seine Lippen hinter ihrem Ohr.

»Du erfüllst mich mit Stolz, Sklavin.« Er hielt sie fest, als sie in Schweigen versank. Offensichtlich dachte sie über das, was ihr widerfahren war, nach. Alles war fremd für sie.

»Herr?«, fragte sie plötzlich.

»Was willst du?« Sie zitterte. Er fühlte es. »Ist dir kalt?«

»Ja, Herr«, gab sie zu. »Aber das wollte ich nicht sagen.«

»Sondern?«

»Darf ich jetzt bitte schlafen?«

Er drehte sie zu sich und sah ihr in die Augen. »Du brauchst nicht zu fragen, ob du schlafen darfst, wenn du müde bist.«

»Aber brauche ich als Sklavin nicht zu allem die Erlaubnis meines Herrn? In den Filmen, die wir auf dem Flug gesehen haben, wurde uns das mehrfach mitgeteilt. Auch die Strafen, die darauf standen, sollten wir versäumen, um Erlaubnis zu fragen, waren sehr anschaulich dargestellt.«

»Wie wurden die Sklavinnen denn bestraft?«, wollte er wissen.

»Sie wurden in den meisten Fällen geschlagen.«

»In den meisten Fällen? Und sonst?«

»Einige wurden eine Zeitlang ins Freudenhaus gesteckt.

Uns wurde auch gezeigt, wie sie dort eingesetzt wurden. Drei der Slavinnen waren nur für eine Woche dort, eine andere für immer.«

»Ja, es ist richtig, dass Ungehorsam bestraft wird. Auch ist es richtig, dass du mich um alles, was du tun willst, zu fragen hast. Aber diesen einen Punkt streichen wir aus dem Protokoll. Wenn du müde bist, in meinem Bett liegst und wenn ich meine Lust gestillt habe, dann darfst du schlafen.«

»Danke«, hauchte sie und lächelte ihn zaghaft an.

Sie war so schön, wenn sie auf diese Weise lächelte, fand Rasno.

»Gute Nacht, Herr«, flüsterte sie.

Er sah, dass ihr die Augen zufielen, und in kürzester Zeit war sie eingeschlafen. Er fühlte, dass er noch immer bereit war, sich mit ihr zu paaren, aber sie war zu erschöpft, als dass er sie noch länger benutzen konnte. Er würde ihre körperlichen Voraussetzungen dafür, sein Bett zu teilen und seine Lust zu befriedigen, trainieren. Heute hatte sie genug gelernt. Sie hatte ihn tatsächlich aufgenommen und das, obwohl sie so jung war und eben zum ersten Mal die Lust eines Mannes erlebt hatte.

Rasno betrachtete sie. Sie gehörte ihm. Er hatte sie als erster Mann bestiegen. Es war noch nie vorgekommen, dass eine Jungfrau hierher gebracht worden war. Er konnte sein Glück kaum fassen. Endlich sank auch er in seinen wohlverdienten Schlaf.

***

Schon sehr bald wurde Rasno geweckt. Enza bewegte sich hin und her und schien sich zu wehren. Sie weinte und schrie mehrmals auf. Er verstand nicht gleich, was sie sagte.

Dann schluchzte sie: »Bitte nicht. Ich bin doch verlobt ... bitte nicht, nein!« Sie bäumte sich auf und drückte sich von Rasno weg. »Benjamin, nein!« Sie griff im Schlaf nach jemandem. »Bitte, tu das nicht. Tu mir nicht weh!« Erneut wehrte sie sich und trommelte nun gegen Rasnos Brust.

»Enza«, rief Rasno und hielt sie fest. »Du träumst!«

Sie brauchte einige Sekunden, bis sie wach war. Verstört blickte sie ihn an.

»Es war nur ein Traum«, wiederholte er.

»Aber ... er war so echt ...«, flüsterte sie atemlos.

Er zog sie an sich. Sie vergrub ihr Gesicht an seiner Brust und weinte.

»Ich habe Benjamin getötet«, schluchzte sie.

»Wer ist Benjamin?«, fragte er leise. Rasno versteifte sich.

Sie blickte zu ihm auf, sah ihm in die Augen und schien zu überlegen. »Es ist nur recht, wenn Ihr diese Geschichte von mir kennt, Herr.« Sie atmete tief durch, schloss kurz die Augen, so, als müsste sie ihre Gedanken ordnen. Als sie ihn wieder anblickte, lag tiefe Traurigkeit in ihrem Blick.

»Wie ihr wisst, Herr, wurde ich wegen Mordes zur Sklaverei verurteilt. Das Ganze geschah genau einen Tag vor meiner Verurteilung. Benjamin war mein Verlobter. Als er mich vergewaltigen wollte, habe ich mich gewehrt. Er lachte mich aus. Ich habe ihm einen Stein auf den Kopf geschlagen, in dem Moment, als er sich auf mich setzte und seine Männlichkeit in meinen Mund schieben wollte. Er starb sofort.« Sie zitterte.

»Du hast ... deinen Verlobten getötet?«, fragte er sie ungläubig.

Sie nickte.

»Aber das ist doch verrückt! Du warst ihm doch versprochen! Er hätte deinen Körper später ebenfalls in Besitz genommen, und auf welche Art, darauf hättest du keinen Einfluss gehabt, Enza. Außerdem: Wo hattest du denn den Stein her?« Rasno verstand nicht gleich die Zusammenhänge und war über ihre Aussage erschüttert. Er nahm sich vor, am kommenden Tag umgehend ihre Akten zu studieren.

»Wir waren nicht bei ihm zu Hause«, erklärte Enza. »Ich wollte mich ihm nicht irgendwo auf einem versteckten Weg im Wald hingeben ... außerdem berührte er mich so geringschätzig, als wäre ich nichts für ihn ... dann wollte er sich mit Gewalt nehmen, was ich ihm verweigerte. Ich wollte nur, dass er mich in Ruhe ließ. Das mit dem Stein ... es ... es passierte einfach ... es tut mir so leid... ich wollte ihn nicht vorsätzlich töten! Bitte glaubt mir, Herr. Ich wollte, dass er mich nicht mehr berührte, mir nicht sein Glied in den Mund steckte ... es war so ekelhaft und seine Worte waren so gemein ...« Sie weinte.

»Dir wurde sofort der Prozess gemacht?«, fragte Rasno.

Sie fühlte, dass er sich mental von ihr distanzierte. Das Gefühl von Nähe, das sie eben noch gespürt hatte, war verflogen.

Sie nickte, brauchte ein wenig Zeit, bis sie wieder reden konnte. »Seine Eltern sind hochrangige Senatoren und er selbst war, trotz seiner Jugend, bereits ein bekannter Politiker. Wir waren eine Zeitlang zusammen gewesen. Nicht sehr lange. Er wollte mich nicht mehr heiraten, weil ich für ihn unbedeutend geworden war. Ich bin ein Niemand auf dem Planeten Erde gewesen, Herr. Ich hatte keine Eltern und war in einem Waisenhaus aufgewachsen. Kein Mann, der politische Kariere machen will, nimmt sich eine unbedeutende Frau. Auch nicht Benjamin, aber er wollte mich demütigen, bevor er die Beziehung beendete. Er wollte mir vorführen, dass ich nichts wert bin. Dafür wollte er meinen Körper benutzen. Denn nur dazu könnte man mich gebrauchen, hatte er mir gesagt, bevor er auf dem Waldweg über mich hergefallen war ...« Sie holte Luft. »Ich war nur dazu da gewesen, vorzuführen, wie volksnah er war. Er zeigte damit seine edle Haltung, denn er befasste sich mit allen Menschen. Sogar mit unbedeutenden. Jedenfalls führte er das an mir vor. Solange er es brauchen konnte, war mir gestattet, ihm nahe zu sein. Nur, ich habe das nicht durchschaut und ich dachte wirklich, dass ihm etwas an mir lag. Ich habe ihn wirklich sehr gemocht. Aber dann hatte er plötzlich andere Pläne. Er wollte sich eine Frau suchen, die ihn weiterbrachte. Über deren Verbindungen er Kontakte knüpfen könnte. Ich hatte ausgedient und war nutzlos für ihn geworden. Er hatte vor, bekanntzugeben, dass ich die Verbindung gelöst und er darunter sehr gelitten hätte. Ich hätte in der Zwischenzeit von der öffentlichen Bildfläche zu verschwinden gehabt. Er hätte mich an einem versteckten Ort festgehalten und mich aufgesucht, um mich ... um ... Er hatte gesagt, als Fickstute wäre ich noch einsetzbar.« Sie blickte Rasno in die Augen. »Ich habe mich gewehrt, aber ich wollte ihn nicht töten, wirklich nicht!« Sie wirkte verstört und war offensichtlich entsetzt, dass sie jemanden getötet hatte.

»Es ist vorbei und alle, die das betroffen hat, sind weit weg«, beruhigte Rasno sie. Was sie ihm erzählt hatte, war unglaublich. Sie hatte getötet, das war korrekt, aber sie war keine Mörderin. Aber als solche war sie verurteilt worden.

»Der Vater von Benjamin sagte mir nach der Verhandlung viele schreckliche Dinge. Sein Hass gegen mich war grenzenlos. Das kann ich ihm nicht verdenken. Ich bin die Mörderin seines Sohnes. Er hatte verlangt, allein mit mir reden zu dürfen. Er veranlasste, dass ein Arzt mir Hormone spritzte, um meine Fruchtbarkeit anzukurbeln. Das heißt, er zwang den Arzt, mir eine Überdosis Hormone zu verabreichen. Dann sagte er zu mir, dass ich entweder dabei verrecken würde, von einem dieser ›Hengste‹ auf dem Strafplaneten gefickt zu werden oder danach, wenn ich versuchen würde, einen Bastard zur Welt zu bringen.« Traurig blickte sie Rasno an.

»Stimmt das, Herr?«

Rasno wollte sie nicht belügen. Er fand es wichtig, dass keine Lüge zwischen ihnen stand. »Es ist richtig, dass ein Teil der Frauen, die von der Erde kommen, sich sowohl mit der Paarung schwertun als auch bei der Geburt sterben.«

Sie schloss die Augen.

»Wie groß ist der Anteil der Frauen, die ...« Ihre Stimme versagte.

»Ich werde dich nicht anlügen, Enza. Es ist zirka die Hälfte der Frauen, bei denen Probleme bei der Geburt auftreten. Aber nicht alle sterben dabei.«

»Also sollte ich mir wünschen, nicht zu empfangen«, sagte sie leise.

»Dazu ist es zu spät. Du trägst bereits mein Kind«, sagte er mit einem ehrlichen Bedauern in der Stimme.

Sie sah ihn entsetzt an. »Das kann niemand wissen!«

Sie wirkte panisch.

»Die Männer auf diesem Planeten können vieles riechen, Enza, auch, wenn eine Frau fruchtbar ist. Das macht Frauen sehr attraktiv und Männer bereit, sich stundenlang zu paaren. Wir riechen, wenn eine Frau Angst hat oder Lust empfindet, und wie gesagt, wenn sie befruchtet worden ist. Sie ändern den Geruch zum Zeitpunkt der Befruchtung. Auch der Geschmack ihres Saftes wird anders. Ich kann das schwer beschreiben. Aber es ist so, Enza.«

Sie schloss die Augen. »Dann hab ich also neun Monate?«

»Fünf«, informierte er. »Die Schwangerschaften hier dauern fünf Monate. Von den zwanzig Frauen, die zuletzt zu uns gekommen sind, haben neun empfangen. Sieben haben die Geburt überlebt, Enza.«

Sie rollte sich an seine Brust und begann hemmungslos zu schluchzen.

Er zog sie an sich und streichelte über ihren Rücken. »Alles wird gut werden, Enza. Du bist jung und stark. Das sind gute Voraussetzungen, um die körperliche Herausforderung zu bestehen.«

Allmählich beruhigte sie sich. Ihre Nähe war eine Herausforderung für ihn, und als sie seine Härte spürte, sah sie ihn überrascht an.

»Ihr seid bereit für ... ihr könnt schon wieder mit mir?«, fragte sie erstaunt.

Er nickte nur.

Als sie sich auf den Rücken rollte und ihm einladend die Arme entgegenstreckte, kämpfte er um seine Beherrschung.

»Du brauchst mir heute nicht mehr zu dienen. Dein Körper muss sich erst an die Vereinigungen gewöhnen, Sklavin«, sagte er.

»Ihr sollt mit mir zufrieden sein, Herr. Ich werde mich nicht verweigern. Ihr sollt keinen Grund finden, mich zu bestrafen.«

»Ich bin zufrieden mit dir.«

»Aber, ihr seid noch ...« Sie griff nach seinen Schwanz.

Er sog die Luft ein und packte ihre Hand. »Nicht!«

»Ich bin doch da, um euch Erleichterung zu verschaffen.«

Sie war so verführerisch und entzückend, wenn sie ihre Aufgabe so ernst nahm. Rasno war begeistert von ihr.

»Wenn ich dich jetzt nehme, dann werde ich nach einer Stunde noch nicht aufhören können, Sklavin«, sagte er mit gepresster Stimme. »Also, lass das jetzt und wähle den Schlaf, den du brauchst.«

»Oh«, sagte sie überrascht, »eine Stunde ist wirklich lang! Jedenfalls für uns Menschen.«

Sie lächelte verlegen und errötete tatsächlich. Bei allen Göttern, selbst das machte ihn an!

»Bei Männern dieses Planeten ist das anders. Sie vergnügen sich stundenlang«, erklärte er ihr. »Dazu ist dein Körper noch nicht geformt.«

»Ich vertraue Euch, Herr.«

»Dann bist du dumm. Ich werde nicht aufhören, wenn du weinst!« Er war so erregt. »Denn auch deine Tränen finde ich erregend.«

Sie streichelte über seine Brust und zog ihn zu sich, um ihn zu küssen.

»Sklavin, das ist keine gute Idee«, knurrte Rasno.

»Ich brauche Euch genauso, wie ihr mich«, hauchte sie. »Bitte, helft mir, zu vergessen.«

Er beugte sich vor und küsste sie leidenschaftlich, eroberte erneut mit seinem Mund den ihren, ihr Gesicht, ihren Hals. Dann rollte er sich auf sie.

»Du musst die Beine spreizen«, keuchte er.

Sie tat es.

»Verdammt, viel, viel weiter«, bellte er sie an. »Etwa so, wie auf dem Stuhl beim Arzt!« Sie hatte es selbst heraufbeschworen. Er würde sie noch einmal nehmen.

Sie gehorchte.

Überrascht stellte er fest, dass sie nass war. Er drückte sich langsam in sie. »So ist es gut, mach dich weit für mich.«

Sie stöhnte.

Auch er gab einen erstickten Laut von sich. »Du bist so unglaublich eng, Sklavin.«

Sie warf den Kopf in den Nacken, als er sein Geschlecht ganz in sie stieß. Doch er ließ diese Bewegung ihres Kopfes nicht zu. Er wollte ihr in die Augen sehen, wenn er sie benutzte. Sie sollte wissen, dass *er* es war und nicht irgendjemand. Erneut warf sie den Kopf in den Nacken. Sofort zog er ihr Kinn zu sich, um sie wieder und immer wieder zu küssen.

Seine rechte Hand hielt ihren Hals und als sie den Kopf hin und her warf, gab er ihr eine Ohrfeige. Nicht stark, aber sie hielt sofort still. Dabei nagelte er unaufhörlich in ihre Scheide. Tief und heftig. Sie nahm ihn erneut ganz auf. Bei allen Göttern, er passte ganz in sie hinein! Seine Befürchtungen, einen anderen Mann für sie suchen zu müssen, lösten sich in Nichts auf. Seine Lust steigerte sich mit jedem Stoß, mit dem er tiefer in sie eindrang.

Sein Stöhnen vermischte sich mit ihren wimmernden Lauten, ihr Duft erfüllte seine Schlafkammer. Er war im Paradies. Sein Lebenssinn schrumpfte in diesem Moment zu der einen Aufgabe zusammen – seinen Schwanz in diese Enge zu stoßen, sein Geschlecht tiefer in diese Grotte zu versenken, sein Glied schonungslos in dieses Loch zu treiben und seine Sklavin zur Befriedigung seiner Lust zu benutzen.

Irgendwann zog er sich aus ihr zurück, presste seinen Schwanz zwischen ihre Brüste und fickte auf diese Weise weiter. Jetzt gestattete er ihr, dass sie den Kopf von einer Seite auf die andere warf. Er spritzte ab und sein Samen landete auf ihrem Gesicht.

Er packte ihr langes Haar und hielt sie daran fest, um sein zuckendes Glied vor ihren Mund zu halten.

»Öffne den Mund und koste mich«, verlangte er.

Landor, sein Freund, hatte ihm von dieser lustvollen Variante, die hier noch wenig bekannt war, erzählt.

Enza öffnete ihren Mund und ließ es zu, dass sein Samen in ihre Mundhöhle gepresst wurde. Fragend sah sie ihn an.

»Trink meinen Saft, Sklavin«, verlangte er.

Sie tat es ohne Scheu oder Ekel. Der Samen, der ihre Haut zierte, wurde von ihm dort einmassiert. Sie hatte seinen Duft nun überall angenommen. Das war aufregend. Selbst wenn sie sich duschen würde, könnte dieser Duft von allen Männern wahrgenommen werden. Sie trug seine Lust an sich und war als seine Lustsklavin ausgezeichnet. Das war tatsächlich geil!

Rasno drehte sie mit einer schnellen Bewegung auf den Bauch und zog erneut ihre Beine auseinander. Er drückte sich von hinten in ihre Scheide, denn er war nach wie vor hart.

Nun stützte er sich mit seinen starken Armen neben ihr ab und fickte sie, wie er noch nie eine Frau genommen hatte. Hart, wild, schnell, roh. Gelegentlich beugte er sich nach vorn und leckte dabei ihren Rücken und ihren Nacken. Er schmeckte ihren Schweiß, er roch ihren Duft, der sich mit seinem verbunden hatte, was ihn noch mehr beflügelte. Sie war heiß! Es schien, als hätten die Götter sie für seine persönliche Gier geschaffen. Auf jeden Fall aber hatten die Götter sie ihm geschenkt, denn sie kam mit seinem Schwanz und seinem Begehren zurecht. Glück durchflutete ihn und er beschleunigte sein Tempo.

Er rang ihr mehr als einen Orgasmus ab und genoss die Zuckungen ihrer Scheide. Es war aufregend, sie so zu nehmen und dabei zu sehen, wie sein großes Geschlecht in ihr verschwand. Es war heiß zu fühlen, dass seine Hoden an ihre Schenkel stießen, wenn er ganz in sie eintauchte. Jede vollständige Penetration rang ihr einen spitzen Schrei ab. Er tat ihr weh, und doch war sie geil. Ihre Scheide tropfte über von ihrem Saft. Seine Sklavin war fähig, außergewöhnlich intensiv Lust zu spüren. Hart drücke er sich in sie und erneut zuckte sie verräterisch um ihn herum.

Aber er wollte noch mehr von ihr.

Mit einer Bewegung zog er sie auf die Knie und blieb in ihr. Sobald sie Halt hatte, fickte er sie weiter. Ihren Kopf drückte er nach unten auf das Bett und genoss den Anblick, wie sein Schwanz immer wieder in dieser Enge verschwand.

Jetzt drang er noch tiefer ein, als jemals zuvor und Enza schrie vor Schmerz. Aber er konnte sich nicht mehr beherrschen. Er stieß weiter in sie – unbeherrscht, rau, wild, gnadenlos. Dabei hielt er sie fest und drückte ihr Becken seinen harten Stößen entgegen. Es gab kein Entrinnen für seine Sklavin. Das, was er ihr jetzt zumutete, war die tiefst mögliche Penetration durch sein Riesengeschlecht. Die Schonzeit war vorbei und er lebte endlich seine glühende Geilheit aus. Ihre Schmerz- und Lustschreie waren Musik für ihn.

Als er von ihr abließ, nachdem er sich in sie verströmt hatte, sackte sie erschöpft zusammen. Er legte sich neben sie und zog sie an sich.

»Danke, Herr«, flüsterte Enza.

»Du bist wundervoll«, gestand er.

Sie lächelte ihn scheu an. »Ich bin Eurer sexuellen Kraft überhaupt nicht gewachsen, Herr. Nichts könnte uns auf unserem Planeten auf so etwas vorbereiten. Danke für Eure Geduld und Nachsicht.« Sie senkte den Blick.

Doch er ließ es nicht zu. »Du bist heute zum ersten Mal von einem Mann penetriert worden. Noch dazu von einem, der nicht der gleichen Spezies entstammt wie du. Das ist eine Herausforderung für deinen Körper, der ich Rechnung tragen werde. Deine Fähigkeit, mich aufzunehmen, ist etwas Besonderes. Ich bin überzeugt, dass dich mir die Götter geschickt haben, wie auch immer es dazu gekommen sein mag, dass du auf diesen Planeten gekommen bist.« Seine Stimme war zärtlich.

Sie zuckte dennoch zusammen, als hätte er sie geschlagen. Sie hatte einen Mord begangen und deshalb war sie hier. Sie machte keinen Urlaub, sondern sie war versklavt, diente mit ihrem Körper der Lust eines Aliens und aus dieser Sklaverei führte lediglich der Tod, der vielleicht bereits nahe war.

Welche Götter könnten das wollen?

Er zog sie zu sich und hielt sie in seinen Armen. Auch, als sie eingeschlafen war, ließ er sie nicht los.

***

Bevor er am nächsten Tag am Nachmittag die Ratssitzung aufsuchte, fesselte er seine Sklavin an sein Bett. Die Hände waren über ihrem Kopf fixiert und ihre Beine ebenfalls, sodass sie ihm ihren Schoß äußerst eindrucksvoll präsentierte. Mit seinem Mund und seinen Händen stimulierte er sie, teilte ihre Scham, drang in sie ein. Dabei bemächtigte er sich ihres Lustknotens, den er aus der Hautfalte schälte, um ihn besser mit seinem Mund bearbeiten zu können. Seine Zähne daran zu spüren, mochte Enza nicht, aber er biss sie immer wieder. Obwohl er sie quälte, floss ihr Saft aus ihrer Grotte wie eine kleine Quelle.

Als er mit zwei Fingern in ihren Anus eindrang, schrie sie gequält. Alles hatte sie bisher erduldet, aber jetzt begann sie sich zu wehren – obwohl es aussichtslos war. Sie schrie, bettelte und versuchte, ihm zu entkommen.

»Schhhh«, sagte er. »In Ordnung, das heben wir uns auf. Aber du sollst damit vertraut werden, dass ich dich dort berühre.«

»Nein, bitte, Herr«, rief sie beinahe hysterisch. »Alles, aber das nicht, bitte!«

Er unterbrach sein Tun und betrachtete sie nachdenklich. »Was ist so schlimm daran?«, fragte er sie. »Es ist ein Löchlein und ich werde es benutzen wie jedes andere deiner Löcher.«

»Dann bringt mich gleich um«, schrie sie. Sie reagierte völlig überdreht. »Denn das *wird* mich umbringen.« Sie war außer sich vor Panik.

»Nein«, sagte er. Aber er akzeptierte ihre Angst. Er würde sie später ergründen. Jetzt begnügte er sich damit, sie zu lecken und zu schmecken. Genussvoll tat er es und ließ dabei auch ihren Anus nicht aus. Endlich schob er sich über sie, steckte seinen Riesenschwanz in ihre Grotte und fickte sie.

Es war noch am Vormittag, und er musste erst in einigen Stunden bei der Ratsversammlung sein. Das hieß, er hatte zwar nicht lange Zeit, um sie ausführlich zu kosten, aber diese verhältnismäßig kurze Zeitspanne würde er nutzen, sich an ihr zu erfreuen.

Mehrmals schoss sein Samen in ihre Scheide. Er wechselte auch die Stellung, befreite sie aus dieser überaus demütigenden Stellung. Rasno liebte es, sie vor sich liegen zu haben. Er konnte sie betrachten und mit ihren Brüsten spielen. Erneut schob er sich wieder über sie, um sie zu penetrieren. Sie war nass und er glitt leicht in sie. Es schien, als würde ihr Körper nun besser mit der Dehnung zurechtkommen. Seine Hände hielten ihren Kopf. Sein Mund eroberte erneut den ihren. Sie kam ebenfalls mehrmals und erfreute ihn damit. Auch wenn sie weinte, auch wenn sie wehrlos war, er wollte sie genauso haben. Wehrlos seiner Lust ausgeliefert – das war einer Sklavin würdig.

Kurz bevor er gehen musste, ließ er von ihr ab.

»Reinige dich und erwarte mich in diesem Zimmer«, verlangte er.

Sie wartete, bis er gegangen war, dann suchte sie das Bad auf.

***

»Du Glückspilz«, rief Landor ihm zu und zwinkerte, als er ihm vor dem Ratsgebäude begegnete. »Sie ist eine wahre Schönheit.«

»Ja, die Götter haben mich viel mehr belohnt, als ich es verdient habe«, antwortete Rasno und wirkte sehr zufrieden.

»Du hast sie gefickt?«, fragte der Freund. Es war eher eine Feststellung, keine Frage, denn Landor roch ihren Duft an seinem Freund.

»So viel ich ihr zumuten konnte – natürlich viel zu wenig, um wirklich befriedig zu sein«, sagte Rasno lachend. »Und bevor du weiter fragst: Ja, sie nimmt mich zur Gänze auf und ja, sie trägt meine Nachkommen. Gestern war es noch eines, seit heute Morgen sind es zwei. Ich werde sie zum Arzt bringen, um zu sehen, ob ich nicht einem Wunschtraum unterliege. Aber ich habe es bereits gerochen.«

»Das ist unglaublich!« Landor klopfte ihm auf die Schulter. »Ich freue mich mit dir. Das Ausmaß deines Geschlechts ist allen bekannt. Und du hast eine Sklavin, die es mit dir aufnimmt ... Das klingt wundervoll.«

Dieser ungezwungene Umgang mit der Geschlechtlichkeit und Fruchtbarkeit der Männer gehörte auf diesem Planeten zum guten Ton.

Landor vermittelte tatsächlich, dass er dieses Glück seinem Freund von Herzen gönnte. Da Rasno ihm ja dabei geholfen hatte, dass ihm seine Sklavin Gwenda nach der unglücklichen Geschichte erneut überantwortet worden war, schweißte es Landor mit Rasno noch mehr zusammen. Das Glück des jungen Mannes war greifbar.

»Wie geht es dir und deiner Sklavin?«, fragte Rasno.

»Sklavin? Du weißt, sie ist seit Kurzem meine Gefährtin.«

»Sie wird nie aufhören, dir als Sklavin zu dienen, Landor. Das wissen wir beide, denn ihre Erziehung hat sie zu einer Sklavin geformt. Sie kann nicht anders, aber genau das macht dich ja glücklich. Du willst ihre Hingabe, ihre devote Haltung. Du willst sie bestrafen und lustvoll unterwerfen, denn sie passt zu deiner dominanten Veranlagung. Sie ist exakt das, was dich ergänzt.« Rasno grinste seinen Freund an. »Dass du sie zur Gefährtin gewählt hast, ist für sie ein besonderer Schutz. Doch wir beide wissen, dass sie nie etwas anderes sein wird, als deine Lustsklavin, mit besonderen Rechten. Sie ist zur Vollblutsklavin ausgebildet, das allein ist ihr Lebensziel und ihr Lebensinhalt. Durch sie hast du gefunden, was du für dein Bett gesucht hast. Du bist der geborene Meister. Wie schön ihr euch ergänzt!«

»Du hast recht. Genau das gefällt mir sehr gut. Was Gwenda betrifft, die Geburt des Kindes hat ihr nicht geschadet und ich bin sicher, dass ihr Bauch sich bald wieder wölben wird. Bis ich sie erneut besamen kann, dient sie mir hervorragend mit ihrem Mund. Sie ist geschickt darin.«

Die Männer unterhielten sich noch eine Weile und verabschiedeten sich dann.

***

Als Rasno in sein Haus zurückkam, war das Schlafzimmer leer. Wie hatte er seiner Sklavin nur so unbekümmert vertrauen können. Natürlich, sie war geflohen! Sie war nicht freiwillig zu ihm gekommen. Hektisch lief er ins Bad und suchte nach Spuren. Da fand er Enza. Sie lag in der Wanne, in der das Wasser längst kalt geworden war, und schlief.

Gerührt betrachtete er sie. Sie erschien ihm noch schöner als am Vortag. Ob das die Befruchtung ausmachte? Ihr Körper zeigte sich im Wasser und ihre Brüste ragten heraus. Die Warzen waren hart und dunkelrot. Oh, diese kleine Hexe, sie hatte doch nicht etwa daran gespielt! Doch, das hatte sie wahrscheinlich. Irgendwie wusste er es. Es gefiel ihm, wenn sie begann, ihre Lust zu erforschen. Sie war einfach zum Anbeißen.

Er entkleidete sich, duschte und hob sie dann auf seine Arme, ohne sie zu wecken. Als sie aufschrie, drückte er sie an sich. Sie erkannte ihn am Duft.

»Herr Rasno«, flüsterte sie.

»Du hast nicht gehorcht«, sagte er, zwar nicht wütend, aber doch unmissverständlich klarstellend. Er hieß es nicht gut, wenn sie nicht tat, was er ihr befohlen hatte.

»Ich ... ich bin eingeschlafen. Verzeiht.« Sie presste ihre Lippen auf sein Schlüsselbein. »Ich mache es wieder gut, ja?« Dabei lächelte sie ihn frech an.

»Ich fordere den Preis, den dich dein Vergehen kostet. Ich allein nenne das Ausmaß der Strafe, Sklavin.« Er sah sie streng an. »Aber dass du dich um Versöhnung bemühst, gefällt mir.«

***

Eine halbe Stunde später war sie an das Bett gefesselt, Hände und Arme ragten an die Decke des Zimmers. Sie kniete in Grätschstellung, sodass er leicht unter ihre Scham schlüpfen und daran nach Herzenslust saugen konnte. Das mutete er ihr als Erstes zu. Sie schenkte ihm ihren Nektar und er konnte sich nicht satt trinken, so sehr gefiel es ihm, wie sie für ihn zerfloss.

Als Nächstes drang er mit zwei Fingern in ihren Anus ein. Sie wehrte sich stumm. Aber nach unzähligen Versuchen akzeptierte sie letztlich ihre Hilflosigkeit und ihm nicht entkommen zu können. Sie gehörte ihm und er würde sich nehmen, was er begehrte.

Ihre Tränen und ihr verzweifeltes Schluchzen irritierten ihn allerdings. Er erhöhte den Druck in ihrer Rosette um einen weiteren Finger und sie wimmerte leise.

»Nicht, Herr, bitte nicht«, weinte sie.

»Auch das gehört mir«, klärte er sie auf.

»Ich kann nicht ...«

Er ließ sich jedoch nicht beirren und befahl ihr, ihn zu reiten. Dazu leitete er sie an. Ihre Arme blieben an der Raumdecke angekettet. Rasno staunte nicht schlecht darüber, wie rasch sie seine Anweisungen verstand und wie gut sie das eben Erlernte anzuwenden vermochte. Sie war eine begnadete Reiterin. Ihr biegsamer Körper erfüllte seine Wünsche unaufgefordert. Tief, wie nie zuvor, steckte er in ihr. Bei allen Göttern, sie war wunderschön, wenn sie wehrlos war!

Zwei Stunden spielte er auf diese Weise mit ihr. Als sie zu erschöpft war, um ihn weiter zu reiten, befreite er sie von den Fesseln und drückte sie in die Hündchenstellung. Da ihre Scham nicht mehr so nass war, wie er es sich wünschte, presste er Gleitmittel in sie, bevor er sich in sie drückte. Sie schrie ununterbrochen, während er sie hart fickte. Sie war Schmerz, sie war Lust. Vor allem aber war sie heiß – und wie eine Droge für ihn. Je mehr er sie kostete, desto größer wurde sein Hunger nach ihrem Körper.

Es kümmerte ihn nicht, dass sie erschöpft war. Er legte sie bäuchlings über einen Kissenberg und drang erneut in sie ein. Seine Gier war enorm. Er fickte sie weiter, auch, als ihre Schreie sich in heiseres Wimmern wandelten, hielt ihn das nicht auf. Gleitmittel hatte er genug. Sie würde nicht wund werden, wenn er seine Ausdauer an ihr ausprobierte. Er fickte sie, bis er sich ins Paradies der Lust katapultierte.

***

Sie saß ihm gegenüber am Tisch und aß langsam von dem, was er ihr reichte. Ihm war aufgefallen, dass sie kaum etwas getrunken und gegessen hatte, seit er sie bei sich aufgenommen hatte. Sie hatte ihm, nachdem er von der Ratsversammlung zurückgekommen war, auf ganz exquisite Weise gedient, und erst, nachdem die Nacht angebrochen war, hatte er von ihr gelassen, weil er selbst Hunger verspürt hatte.

»Danke für das Mahl, Herr«, flüsterte sie. Sie wirkte müde.

»Wir machen eigentlich nur eine kleine Pause, damit du bei Kräften bleibst.« Er lächelte sie an und ihr blieb der Mund offen.

»Ich bin verschwollen und wund, Herr«, flüsterte sie.

»Das ist mir bewusst. Die Wunden sind aber nicht nennenswert, denn ich habe darauf geachtet, dass du nass genug geblieben bist, während ich dich benutzt habe. Dass du verschwollen bist, ist mir nicht unangenehm. Dadurch bist du noch enger, als bei deiner ersten Penetration.« Er grinste. »Das gefällt mir sehr.«

»Aber mir gefällt es nicht«, platzte es aus ihr heraus.

Verwundert sah er auf. »Es ist egal, was dir gefällt. *Mir* muss es gefallen. *Ich* bin dein Herr«, erinnerte er sie.

»Ich trage euer Kind«, flüsterte sie. »Es macht mir nichts aus, wenn ihr mich umbringt, aber lasst mich dieses Kind austragen, falls mir das möglich sein sollte.«

»Du trägst zwei Kinder in dir«, korrigierte er und sah sie lüstern an. »In den ersten fünfzehn Stunden kannst du mehrere Kinder aufnehmen. Die Zeit ist jetzt verstrichen. Deine erste Schwangerschaft wird dir Zwillinge bringen. Wir werden sehen, wie viele es beim nächsten Mal sein werden, Enza.« Er lächelte sie zufrieden an.

»Werde ich das überleben?«, fragte sie unsicher, aber nicht verzweifelt.

»Ich werde alles tun, dass du es überlebst!« Er sah sie ernst an. Er meinte, was er sagte. Er würde über sie wachen, er würde dem Arzt gebieten, engmaschige Kontrollen an ihr durchzuführen und alles zu tun, dass sie die Schwangerschaft und die Geburt gut überstehen würde. Er wollte die Kinder, die in ihr wuchsen, haben.

Sie wollte etwas sagen, doch er gebot ihr mit einem Handzeichen zu schweigen. »Deine erste und dringlichste Pflicht ist, meinen Samen aufzunehmen. Das hast du getan, Sklavin. Deine zweite, nicht weniger wichtige Pflicht ist, meiner Lust zu dienen. Das wirst du nun tun, da die Zeit der möglichen

Befruchtung vorbei ist.« Er erhob sich und zog sie ebenfalls auf die Beine. Gierig küsste er sie.

Enza fühlte, dass sein Geschlecht hart an ihren Leib gepresst wurde. Sie stöhnte auf und schloss die Augen. Dieser Mann war eine Sexmaschine! Wie sollte sie ihm sagen, dass sie erschöpft war? Sah er denn nicht, dass sie nicht mehr Kraft genug hatte, ihm zu dienen? Ihre Knie gaben plötzlich nach. Blitzschnell packte er zu und hob sie auf seine Arme.

»Es ist nicht erforderlich, dass du stehen kannst, Sklavin«, hauchte er an ihr Ohr. »Es ist nur erforderlich, dass ich dich penetrieren kann. Und das kannst du mir ermöglichen. Ich werde dich lehren.«

Konnte er Gedanken lesen?

Sie fühle, dass er sie auf den Tisch legte und in sie eindrang, ohne sich von ihr zu lösen. Er zwang ihre Beine über seine Schultern und stieß hart zu. Er würde sie zerreißen. Dieses Mal würde er sie umbringen!

»Deine Grotte ist dehnbar, Sklavin«, sagte er mit heiserer Stimme, während er sich tiefer in sie trieb.

Sie war erstaunt, dass sie nass genug war, ihn aufzunehmen.

Als er sie hochhob, ohne sich von ihr zu trennen, und sie an ihren Pobacken an sein Geschlecht drückte, schrie sie auf. Er trug sie auf seinen Händen und fickte sie gleichzeitig. Sie kam zum Höhepunkt und ihre Scheide floss über von ihrem Saft. Wissend grinste er sie an, als er sie zu einer Wand trug, sie dort abstützte und begann, sich wild in sie zu treiben. Sie schrie, weinte und kam mehrmals hintereinander.

***

Die zweite Nacht in Rasnos Haus gewährte Enza nur wenig Möglichkeit, zu schlafen. Rasnos Gier nach ihrem Körper schien unstillbar. Er zeigte ihr, wie phantasievoll seine Lust war. Erst, als der Morgen bereits anbrach, erlaubte er ihr, zu schlafen.

***

Sie lag auf dem Untersuchungstisch und der Arzt hatte sein Ultraschallgerät in ihr versenkt.

»Rasno, sie trägt zwei Junge in sich. Laut Blutbefund könntest du vielleicht noch eines in sie pflanzen. Aber wenn, dann hier, denn es müsste in der nächsten Stunde sein. Der Wert sinkt jetzt schnell, und ich sehe, dass sie noch Eizellen abgestoßen hat.« Kandor war deutlich erregt.

Enza stöhnte und wand sich: »Bitte nicht.«

Doch sie sah, dass Rasno sich entblößte. Sein Schwanz schien so groß wie nie zuvor. Enza starrte ihn an. Er würde doch nicht hier, vor dem Arzt ... Nein, das ...

»Dann, mein Freund, schau zu, wie sie das dritte meiner Kinder empfängt«, sagte Rasno. Sein Blick war hart. Es hatte ihn angemacht, zu sehen, wie der Arzt sie mit fickenden Bewegungen untersucht hatte. Es war ihm klar gewesen, dass er sie auf diese Weise benutzte, weil sie ihm gefiel und er sie ebenfalls ficken wollte. Aber das stand nun mal nur ihm, Rasno, zu, weil er ihr Herr und sie sein Eigentum war. Jetzt würde er dem Arzt zeigen, dass *er* es war, der diese Sklavin besamte, und auch, wie wunderschön sie war, wenn sie gefickt wurde. Rasno würde es hier tun, auf diesem Untersuchungsstuhl. Auch, weil sie es ablehnte, hier besamt zu werden und er sie dafür ein wenig bestrafen musste. Er wollte ihr zeigen, dass sie nicht bestimmte, was mit ihr geschah, sondern dass sie ihm in allem zu gehorchen hatte. Er würde leicht in sie eindringen, denn sie war voll mit schleimiger Gleitmasse wegen der Untersuchung mit dem Ultraschall.

Er stellte sich zwischen ihre Beine und drang mit einem heftigen Stoß zur Gänze in die gefesselte Frau ein. Dabei sah er ihr in die Augen. Er las ihre Angst. Was fürchtete sie? Die Penetration? Die würde sie leicht ertragen. Schämte sie sich? Sie würde es lernen, zu ertragen, vor anderen Männern gefickt zu werden. Denn, wenn er das wünschte, würde er es tun. Oder war es ihre Angst davor, dass er sie tatsächlich besamen würde?

»Heb den Stuhl und ihr Becken, damit ich bequem stehen kann, mein Freund«, knurrte Rasno und blickte kurz zum Arzt, der ihn fasziniert beobachtete.

Enza fühlte, dass ihr Becken seinem Schwanz entgegengedrückt wurde. Rasno begann sie zu ficken wie nie zuvor. Seine Bewegungen waren rasch, hart, gewaltig und vor allem tief. Er strahlte so viel Macht aus, dass sie ihn in diesem Moment fürchtete, obwohl sie noch nie Angst vor ihm gehabt hatte. Jedenfalls nicht in diesem Ausmaß. Er war ihr Herr. Er bestimmte über alles, was sie betraf. Ihr Körper hatte zu gehorchen. In diesem Moment wusste sie, dass sie seinen Samen aufnehmen würde, weil Rasno es ihr befahl.

Sie löste sich auf und wurde das, was er bestimmt hatte. Lustobjekt und Gebärerin seiner Zucht. Willenlos lag sie da und ließ es geschehen, derart mächtig benutzt zu werden. Als die Schwanzspitze sich an ihren Gebärmuttereingang drückte, schrie sie vor Schmerz und bäumte sich in ihren Fesseln auf.

Noch nie hatte er ihr solchen Schmerz zugefügt. Sie wurde überrollt von diesem Schmerz, der alles in ihr ausfüllte.

»Lass dich hineinfallen«, sagte er.

Verständnislos blickte sie ihn an.

»Lass dich in diesen Schmerz fallen, Sklavin.« Seine Stimme klang fern. Sie wusste nicht, wie sie ihm gehorchen sollte. Aber sie ließ den Schmerz zu, akzeptierte, dass er versuchte, in ihre Gebärmutteröffnung einzudringen und befahl ihrem Körper, ihrem Herrn das zu gewähren. Dann drang er noch tiefer in sie ein. Der Schmerz explodierte in ihr, wurde Lust und sie erreichte einen Orgasmus, wie sie noch keinen erlebt hatte. Sie löste sich auf, hörte auf zu sein und fühlte, dass er seinen Samen in sie drückte.

Immer wieder zuckte sie um seinen Schwanz. Er forderte nichts mehr von ihr, denn er benutzte sie machtvoll. Er wusste, wie tief er in sie eingedrungen war und verströmte sich mehrmals in ihr. Neben ihm stöhnte der Arzt und rieb verstohlen seinen Schwanz in seiner Hose.

»Sie ist wunderschön, wenn sie geil ist«, keuchte Kandor.

»Ja«, lächelte Rasno. »Wenn ich sie besame, dann übertrifft sie alles.«

Weinend lag sie vor ihm, als er sich zurückzog.

»Nicht«, wimmerte sie.

Rasno lächelte sie zufrieden an. »Du schaffst es, dich in deiner Lust zu verlieren, Sklavin. Das ist eine sehr angenehme Eigenschaft, die ich nutzen werde.« Er beugte sich über sie und küsste kurz ihre Klitoris.

Enza zuckte zusammen, als hätte er sie elektrisiert.

»Auch ich will nicht von dir lassen, denn in dir zu sein, gibt mir das Gefühl von Vollständigkeit. Wir unterbrechen hier nur. Zu Hause haben wir es ... bequemer.« Rasno lächelte, während er sich wieder vollständig ankleidete. Er öffnete ihre Fesseln und hob sie auf seinen Arm.

»Du brauchst sie nicht mehr zu untersuchen. Ich rieche es«, sagte er zum Arzt.

»Sie ist berauschend, wie eine Droge«, stöhnte Kandor.

»Ja, das ist sie und ich bin bereits süchtig«, bestätigte Rasno.

Er verließ den Raum. Aus Enza tropfte sein Samen. Alle, denen sie begegneten, sahen es. Anerkennende Worte wurden ihm zugerufen.

Enza drückte ihren Kopf an sein Schlüsselbein.

»Ich schäme mich, Herr«, gestand sie flüsternd.

»Dazu besteht kein Grund, Sklavin. Niemand stößt sich daran, dass ich meine Sklavin befruchte. Noch dazu, wo du überdurchschnittlich lange fruchtbar bist. Ich genieße es, allen zu zeigen, wie übermäßig voll ich dich mit meinem Samen abgefüllt habe. Du hast bereits eine Spur gelegt, so viel ist von deinem und meinem Saft aus deinem heißen Loch rausgeflossen. Das wird nun Tagesgespräch sein, glaub mir. Die Größe meines Luststabes gilt hier bereits als legendär, jetzt wird man sich auch über die Mengen meines Lustsaftes Gedanken machen.« Er lachte, als sie stöhnte.

»Herr, ich hatte so große Angst, dass ihr dem Arzt erlauben würdet ...«, gestand sie und schloss die Augen.

»Das ist noch viel zu früh, Sklavin. Für so etwas haben wir später noch genug Zeit.« Sie blickte ihm in die Augen und er konnte ihre Angst riechen.

»Ihr meint das ernst«, sagte sie geschockt, als sie erkannte, dass er nicht scherzte.

»Oh ja, Sklavin, jedes Wort habe ich ernst gemeint. Du solltest nicht daran zweifeln.« Er grinste sie an, während er sie mühelos trug.

***

Als sie in seinem Haus ankamen, stellte er sie ab.

»Reinige dich«, verlangte er.

Enza eilte ins Bad, um ihm zu gehorchen. Sie war etwas unsicher auf den Beinen. Da Rasno die Ursache kannte, gefiel ihm das gut.

Als sie in den Wohnraum zurückkehrte, erwartete er sie. In seinen Händen hielt er zwei Dinge, die sie überhaupt nicht einordnen konnte. Ein Tuch, in dem etwas eingeschlagen war, und einen kleinen Behälter.

»Komm her«, befahl er.

Sie zögerte kaum merklich. Als sie langsam zu ihm ging,

stieg Angst in ihr auf. Er wirkte so ... streng. Was hatte er vor? Sie kniete sich vor ihn und senkte den Kopf.

»Nein, Enza, du bist jetzt in diesem Augenblick nicht meine Sklavin, sondern eine Frau, die bei mir wohnt. Wir werden zusammen zu Abend essen und ich will, dass du dich einfach wohl fühlst. Das würde mir gefallen.«

Er zog sie auf die Beine. Die beiden Gegenstände hatte er auf dem Tisch neben sich abgelegt.

Erst jetzt merkte Enza, dass zwei Teller und eine Schüssel, aus der es dampfte, auf dem Tisch standen. Ihr Magen reagierte sofort mit einem hungrigen Knurren.

»Du hast viel zu wenig gegessen, seit du da bist«, stellte er fest und drückte sie auf einen Stuhl. Er setzte sich ihr gegenüber an den Tisch.

Enza sah auf den Teller, den er mit einem köstlich duftenden Eintopf füllte. Als auch er den seinen gefüllt hatte, nickte er ihr zu.

»Iss, Enza.« Er lächelte.

Sie war hungrig, wie nie zuvor, nahm einen Löffel von dem Eintopf und schloss die Augen.

»Hm, das ist gut«, lobte sie.

Er grinste über ihre Reaktion. »Ich hatte gehofft, dass du es mögen wirst«, sagte er.

»Was ist es?«, fragte sie mit vollem Mund.

»Ein Krageta-Eintopf. Es ist in etwa mit dem Wort Gemüse, wie du es kennst, gleichzusetzen. Sicher ist es sehr fremd für dich, weil wir anderes Gemüse haben als ihr auf der Erde«, erklärte er.

Ihr Teller war schon fast leer, so rasch schaufelte sie das Essen in sich hinein.

»Langsam, Enza«, lachte er. »Es ist genug da und ich werde dich auch künftig nicht hungern lassen.«

Sie nahm noch zweimal nach. Dann sank sie auf ihrem Stuhl zurück und lächelte ihn entspannt an. »Danke, Herr. Das war köstlich!«

»Bitte, Enza.« Er war betroffen, wie sehr es ihn rührte, wenn sie lächelte. Das Gesicht leuchtete und ihre Jungend kam noch mehr zum Vorschein. Ihre Jugend. Was dachten sich Menschen, Jugendliche als Zuchtstuten hierher zu schicken? Wenn sie die Wahrheit sagte, und davon ging er aus, dann war sie zu Unrecht verurteilt worden. In nur ein paar Tagen hatte sich ihr Leben grundlegend geändert.

»Ich möchte, dass du dir das hier ansiehst«, sagte er.

Sie blickte verblüfft auf, als er ihr das Tuch reichte und öffnete es. Darin befand sich eine Haarspange. Grün, blau, rot und gelb waren die Einlegearbeiten der Holzspange. Es musste perfekt in ihr Haar passen.

»Das ist für mich?«, fragte sie überrascht.

Er nickte und genoss ihre Freude, als sie ihre Haare zusammennahm und die Spange darin befestigte. Es passte, so wie er es sich vorgestellt hatte.

»Danke!« Sie strahlte.

»Heißt das, dass ich Euch tatsächlich zufriedengestellt habe?«, fragte sie.

»Das war nicht der Grund, obwohl das auch zutrifft.« Er griff nach der Dose und überreicht sie ihr ebenfalls.

»Das ist eine Körpercreme. Magst du den Duft?«, fragte er.

Sie öffnete den Behälter. Es roch süß. Sie sah ihn fragend an und er nickte. Sie tauchte einen Finger hinein, nahm ein wenig davon und verrieb die Creme auf ihren Händen. Dann roch sie daran.

»Ich mag den Duft, Herr«, sagte sie und schloss die Augen, um den Duft zu genießen. »Dort, wo ich gewohnt habe, gab es ein kleines Gärtchen. Ich habe eine Rose gepflanzt, das ist eine Blume. Sie hatte tiefrote Blüten und sie duftete stark und besonders angenehm.« Ein Lächeln umspielte seine Lippen.

»Alles Gute zu deinem achtzehnten Geburtstag, Enza«, sagte er. »Soweit ich in Erfahrung gebracht habe, geben Menschen an ihren Geburtstagen einander kleine Geschenke. Ich dachte, dass wir diese Tradition hier gern aufnehmen können, wenn du damit einverstanden bist.«

Sie erstarrte, blickte auf und ihn direkt an.

Er sah genau, in welchem Moment die Tränen überliefen. Rasch war er bei ihr und hielt sie fest, als sie hemmungslos weinte. Er hatte gehofft, dass die Freude überwiegen würde, aber es war noch alles zu neu für sie.

»Schhhh«, flüsterte er. »Alles ist gut.«

»Es ist vielleicht mein letzter Geburtstag ...«, schluchzte sie und presste sich an ihn.

»Nein, das ist es nicht«, sagte er mit einer Bestimmtheit in der Stimme, die er selbst gar nicht empfand.

Doch sie hörte aus seinen Worten, dass er davon überzeugt zu sein schien, und sie hoffte, dass sie ihm Glauben schenken durfte.

Er hob sie hoch und trug sie in seine Schlafkammer, um sie auf sein Bett zu legen. Sie sah auf, als er nackt zu ihr kam.

»Stimmt es tatsächlich, dass Ihr mich heute noch einmal geschwängert habt? Trage ich tatsächlich drei Kinder in mir?«, fragte sie ungläubig.

»Ja«, bestätigte er und empfand Stolz dabei. Auch das war hier noch nie vorgekommen. Ebenso, wie es hier noch keine Sklavin gegeben hatte, die jungfräulich war. Enza war in allem etwas Besonderes.

»Herr, welchen Status werden diese Kinder haben, falls sie geboren werden«, fragte sie.

»Sie werden geboren werden, Sklavin, und sie werden meine Kinder sein. Ich werde jedes, das du mir schenken wirst, dankbar annehmen.« Sein Blick war auf sie gerichtet. Worauf wollte sie hinaus?

»Sie werden also keine Sklaven sein?«, fragte sie und schien erleichtert.

»Wo denkst du hin?« Er war überrascht.

»Aber wenn ihre Mutter doch im Rang einer Sklavin ist ...«

»Die Frauen, die hier leben, sind nur deshalb Sklavinnen, weil es in unserem Volk zu wenige Frauen gibt. Und da keine Frau freiwillig auf unseren Planeten kommen wollte, nahmen wir das Angebot der Erde gern an, straftätige Frauen aufzunehmen, die uns unseren Nachwuchs sichern. Auch wir lernen und vielleicht können wir mit Rücksicht und spezieller medizinischer Versorgung dazu beitragen, alle Frauen durch die Schwangerschaften und Geburten zu bringen.« Er sprach ganz ruhig.

Enza war dankbar für seine Ehrlichkeit. »Auch auf der Erde überleben nicht alle Frauen eine Schwangerschaft. Aber die Komplikationen sind selten geworden«, räumte sie ein.

Er nickte und näherte sich ihr. »Allerdings sind eure Männer kleiner gebaut und auch die Kinder sind zarter, wenn sie geboren werden. Nun, ich werde dich regelmäßig zur ärztlichen Kontrolle bringen. Kandor ist ein guter Arzt und er hat schon vielen Frauen das Leben gerettet.« Er blickte sie an und lächelte.

»Zu meinen Geschenken gehört noch ein drittes«, sagte er mit rauer Stimme. »Du bist jetzt am Abend noch nicht zum Höhepunkt gekommen und ich möchte dir in den nächsten Stunden unvergessliche Lust schenken.«

»Aber ich ...«

»Oh, doch, du kannst noch«, kam er ihr zuvor, weil er genau wusste, was sie sagen wollte. »Ich werde es dir beweisen.«

Er nahm die Körpercreme und begann, sie damit einzureiben. Langsam und zärtlich berührte er sie. Keine Stelle ließ er aus und legte besonderes Augenmerk auf ihr Gesicht, ihre Brüste und ihre Innenschenkel. Als er auch ihre Scham damit verwöhnte, kam sie. Seine Lippen bemächtigten sich ihrer Klitoris und seine Finger drangen in ihre Grotte. Auch in ihre Lustgrotte drückte er etwas von der Creme, was ein leicht brennendes Gefühl hinterließ. Aber es war angenehm und machte sie nass und bereit. Sie nahm vier seiner Finger ohne Probleme auf und er drückte sie tief in sie hinein, was ihr ein kehliges Geräusch entlockte.

»Du bist geil, Sklavin«, raunte er.

Sie stöhnte und drückte sich seiner Hand entgegen.

»Willst du, dass ich dich benutzte?«, fragte er.

Sie bog ihren Oberkörper durch und bot ihm ihre Brüste an. Er nahm einen ihrer Nippel in den Mund und saugte sich daran fest.

»Was möchtest du, dass ich jetzt tue«, fragte er und seine Stimme klang belegt.

»Ich ...« Ihre Lippen zitterten.

»Ja?«

»Ich will ... etwas für Euch tun, Herr.«

»Das tust du doch die ganze Zeit.«

»Darf ich ...« Sie wimmerte, als er drei Finger krümmte und genau den Punkt in ihr traf, der sie zum Höhepunkt brachte. Ihre Muskeln zuckten um ihn herum.

»Ja, du darfst.« Er freute sich über die Lust, die er ihr entlockte.

»Darf ich ...« Sie benetzte ihre trockenen Lippen mit der Zunge und sah auf seinen harten Schwanz.

»Dafür bin nun wirklich zu groß.« Er hatte eine Vorahnung.

»Darf ich es versuchen?«

»Vielleicht«, flüsterte er an ihr Ohr und küsste sie genau dort. Dann küsste er sie gierig auf den Mund, schenkte ihr ihren eigenen Geschmack und ein leidenschaftliches Spiel mit der Zunge, die er ihr tief in den Mund trieb. Sie wimmerte und umschloss seinen Leib mit ihren langen Beinen.

»Noch nicht«, stöhnte er und zog sich zurück.

Er drehte sich mit ihr, sodass er unter ihr lag. Ihr Becken schob er über sein Gesicht.

»Dein Geschmack und dein Geruch sind wie eine Droge für mich«, gab er zu, bevor er sie erneut mit seinem Mund und seinen Händen stimulierte.

Sie wand sich auf ihm.

»Nein«, keuchte sie.

Er biss in ihre Schamlippen und sie erstarrte, ließ ihn gewähren und konnte nichts daran ändern, dass er ihren Saft, während sie kam, aus ihr schlürfte. Als er mit einem Finger in ihren Anus eindrang, weinte sie vor Scham.

»Lass alles zu, Sklavin. Verdammt, ich erlaube dir nicht, dass du dich mir verweigerst«, verlangte er.

Sie war ihm ausgeliefert und ritt seine Zunge. Da erkannte sie, wie sie ihn ebenfalls verwöhnen konnte. Sie beugte sich über seinen Schwanz, der riesig von ihm abstand. Vorsichtig leckte sie über seine Eichel. Er erbebte unter ihr und umfasste ihre Hüften, um sie an seinen Mund zu pressen.

Enza wurde mutiger. Sehr viel mutiger. Sie leckte über seinen Stab, massierte geschickt seine Hoden mit ihren Händen und leckte auch diese. Es war leicht, sie in ihren Mund einzusaugen und zärtlich zu liebkosen. Sie hörte sein leidenschaftliches Stöhnen an ihrer Scham.

Sie speichelte seinen Stab ein, massierte ihn geschickt mit ihren Händen und versuchte, ihren Mund über seinen Schwanz zu stülpen. Es war ihr nicht möglich, ihn nur halb in ihren Mund aufzunehmen, aber sie drückte ihren Mund über den harten Stab, soweit sie ihn aufzunehmen vermochte. Dabei war ihre Zunge pausenlos in Bewegung, auch, wenn es nur ganz kleine Bewegungen waren.

»Du bringst mich um«, stieß er hervor und trieb wieder seine Finger in sie.

Seine Hand war nach wenigen Stößen nass, da ihr Saft alles benetzte. Sie schrie, als er auch den Daumen in sie trieb und nach wenigen Stößen seine Hand in sie versenkte. Seine Hand verschwand vor seinen Augen ganz in ihrer Grotte und sie zuckte um ihn herum. Ihr Orgasmus ließ sie versteifen und auf ihn sinken. Er rollte sich zur Seite, um in sie stoßen zu können, ohne sie zu verletzen. Sie kam erneut und er genoss ihre Lust, wie nichts zuvor.

Als er sich endlich aus ihr zurückzog, lag sie reglos vor ihm.

Er rollte sich auf sie, küsste sie, befahl ihr wortlos, seine Hand abzulecken, indem er seine Finger an ihren Mund hielt. Sie tat es ergeben. Dann stützte er sich neben ihr auf beiden Armen ab und drang mit seinem steinharten Schwanz tief in sie ein.

»Ja«, hauchte sie und öffnete ihre Schenkel weit.

»Du bist die Geilheit in Frauengestalt«, keuchte er und begann, sie tief und hart zu ficken.

»Ich habe verstanden, in welchem Ausmaß ihr haben wollt, dass ich Euch gehöre, und ich denke, ich werde versuchen, mich Eurem Wunsch anzupassen«, stöhnte sie und genoss seine Härte tief in ihr.

»Ja«, knurrte er. »Du gehörst mir. Nur mir!«

Er fickte sie wild und unbeherrscht. Trotz der Härte, mit der er sie nahm, war es jetzt anders. Während er sie benutzte, hielt er sie auf eigentümliche Weise umfangen. Körperlich und seelisch.

***

Enza hatte begonnen, den Haushalt ihres Herrn Rasno zu führen. Er genoss es, von den Ratssitzungen nach Hause zu kommen und sein Haus sauber und vor allem bewohnt vorzufinden. Frisches Essen war täglich gekocht. Sie war eine hervorragende Köchin und fand sich rasch mit den Gemüsesorten auf diesen Planeten zurecht. Sie hatte sogar begonnen, seinen kleinen Garten zu bestellen und zauberte tolle Früchte aus der Erde. Wenn sie im Garten arbeitete, trug sie ein Hemd, das ihr bis zu den Waden reichte. Sie war fleißig und wirkte auf eine gewisse Weise fröhlich, obwohl sie ihre Ängste nicht ablegen konnte.

Den Mord hatte sie nie wieder erwähnt. Sie hatte nach wie vor ihre Albträume, aber sie sprach nicht mehr darüber. Sie nahm an, was das Leben ihr bot. Selbst, wenn das ihren baldigen Tod bedeuten könnte.

Ihr Bauch hatte sich in den Wochen, in denen sie bei ihrem Herrn Rasno war, gewölbt und ihre Brüste waren voll und schwer geworden. Mehr als vier Monate war sie nun hier. Seine Nächte waren heiß. Ihr Körper gehörte ihm und er spielte darauf, wie auf einem Instrument.

So verging die Zeit und sie lebte dieses zurückgezogene, aber sexuell sehr intensive Leben an seiner Seite. Rasno brachte sie regelmäßig zu den ärztlichen Kontrollen. Sie fielen gut aus, bis auf den Punkt, dass Enza nicht von diesem Arzt untersucht werden wollte. Aber auch das gefiel ihm, denn er konnte sie damit ein wenig quälen.

Die gemeinsame Zeit war angenehm und er hatte auch gemerkt, dass sie ihm ihre Seele angeboten hatte. Er hatte sie wortlos angenommen. Er selbst wollte sich nicht zu sehr an sie binden. Was wäre, würde er sie verlieren, wenn sie seine Kinder zur Welt brachte? Der Gedanke machte ihn verrückt. Er wollte sie nicht verlieren. Nein, er wollte sie an seiner Seite wissen. Das Leben war heller geworden, seit sie zu ihm gekommen war.

Durch seine Aufgabe im Rat war ihm bewusst geworden, dass nicht alle Sklavinnen sich ihrem Los fügten. Zwei Soldaten hatten Ärger mit ihren Sklavinnen. Eine wollte sich ihrem Los nicht fügen und die zweite war tatsächlich unfruchtbar. Der Soldat wollte sie deshalb verstoßen. Als sie erfahren hatte, dass sie in ein Freudenhaus gesteckt werden sollte, hatte sie einen Selbstmordversuch gemacht, der fast geglückt wäre, hätte ihr Herr sie nicht rechtzeitig gefunden.

Rasno wurde durch diese Geschichten nachdenklich, zeigten sie ihm doch auf, wie unglücklich manche Frauen hier waren. Sie alle sagten einheitlich aus, nicht dieses Los gewählt zu haben. Und je mehr er sich mit ihren Geschichten auseinandersetzte, desto mehr glaubte er ihnen. Auch hatte er mehr und mehr seine Zweifel daran, dass tatsächlich Schwerverbrecherinnen hierher geschickt wurden. Diese Frauen waren unbequem. Vielleicht auch zur falschen Zeit am falschen Ort, aber sie waren keine bösen Wesen.

***

Als er eines Abends nach einem arbeitsreichen Tag nach Hause zurückkehrte, lag Enza nackt auf dem Tisch, auf dem normalerweise das Essen stand.

»Vorspeise«, sagte sie mit rauer Stimme und öffnete ihre Schenkel. Ihre Scham war nackt, wie er es mochte. Sie hatte sich für ihn frisch rasiert. In ihren Anus steckte ein Analplug, den er ihr vor Wochen aufgezwungen hatte. Sie war hysterisch gewesen, als er ihn in sie eingeführt hatte. Nur langsam überwand sie die Ablehnung gegen dieses Lustinstrument und erst, nachdem er ihr verärgert über ihr untypisches Verhalten Schläge angedroht hatte, hatte sie ihm erzählt, dass Benjamin sie anal penetriert hatte, bevor sie sich von ihm befreit und ihn getötet hatte. Er hatte seinen Freunden zuvor angeboten, sie im Anschluss, wenn er mit ihr fertig sein würde, für seine Freunde in dieser Position zu halten, damit sie sich auf diese Weise mit ihr vergnügen konnten.

Rasno hatte Abstand davon genommen, sie weiterhin anal zu stimulieren, aber irgendwann hatte sie sich selbst das Ding einverleibt und ab und zu verwendeten sie es zusammen.

»So hungrig?«, fragte er mit belegter Stimme.

»Bitte.« Sie öffnete ihre Schenkel noch weiter.

Er entkleidete sich nicht, sondern entblößte lediglich seinen harten Schwanz. Noch immer machte sie ihn scharf. Dass ihr Bauch bereits gewölbt war und ihre Brüste groß und voll waren, stieß ihn nicht ab. Im Gegenteil. Enza gefiel ihm jetzt noch viel besser. Er trieb seinen harten Schwanz tief in sie und sie umschloss sein Becken mit ihren Beinen, drückte ihn an ihren Schoß.

»Du geile Hexe«, knurrte er. »Du hast dir ganz schlimme Manieren angewöhnt, Sklavin.«

Sie zuckte zusammen.

Er küsste sie rasch und sagte an ihr Ohr: »... und das ist es, was ich von dir will. Ich möchte deine nasse Grotte bewundern, die du mir nackt anbietest. Und der Plug in deinem Arsch macht dich noch enger. Irgendwann bringst du mich noch mal um den Verstand, meine kleine lüsterne Sklavin.«

Er küsste sie wild und sie gab sich ihm hin.

Als er mehrmals in sie gespritzt hatte, zwang er sie zu einem letzten Orgasmus. Sie kam mit einem lauten, langgezogenen Schrei. Sie rief seinen Namen und als er auf sie sank, flüsterte sie: »Ich liebe dich.«

Sein Blick traf sie und sie zuckte zusammen.

»Das kannst du nicht sagen, Sklavin!« Seine Stimme war plötzlich kalt. Er zog sich aus ihr zurück. »Diese Verfehlung könnte ich bestrafen!«

Sie senkte den Blick. »Es tut mir leid, Herr. Ich hätte mich nicht hinreißen lassen dürfen, das zu sagen. Aber es kam so tief aus mir ... es tut mir leid. Wirklich.«

Er packte ihren Hals und drückte langsam zu. »Du bist mein Eigentum. Es ist unüblich, dass Sklavinnen ihre Herrn lieben«, erklärte er. Er war innerlich aufgewühlt.

»Es ist auch unüblich, dass ein Herr seine Sklavin dermaßen gut behandelt«, gab sie zurück.

»Ich werde mir überlegen, welche Konsequenz dieses Vergehen für dich haben wird«, sagte er streng.

Er konnte nicht ertragen, dass sie ihn liebte. Was würde sein, wenn sie die Geburt nicht überstehen würde? Sie durfte sich nicht an ihn binden – und er konnte sich nicht an sie binden. Ihre Zukunft war zu ungewiss, weil sie in Wahrheit gar keine Zukunft hatten. Sie hatte durch die Mehrlingsschwangerschaft schlechte Karten, wusste er.

Seine Schuldgefühle, weil er sie mehrmals besamt hatte, lasteten bereits seit einiger Zeit schwer auf ihm. Durch ihre Worte wurde er sich seiner Schuld noch mehr bewusst. Sie hatte ihm vertraut und er hatte sie in diese Situation gebracht.

Eben, als sie seinem Befehl, ihm Essen zu bringen, Folge leisten wollte, platzte die Fruchtblase. Die Geburt setzte ein. Mit einem Schmerzschrei sank sie zurück, als das Wasser über den Tisch lief.

Er starrte auf ihre Scham.

»Das Baby«, stammelte sie. »Ich meine, die Kinder ... sie kommen.« Enza krümmte sich vor Schmerz, als die Wehen vehement einsetzten.

***

Der Arzt machte sich Sorgen. Die ersten beiden Jungen waren von Rasnos Sklavin leicht geboren worden. Sie war tatsächlich durch ihre Jugend stark gewesen. Aber das dritte Kind, das schien irgendwie festzustecken. Sieben Stunden dauerte nun schon die Geburt und Enzas Kräfte waren aufgebraucht. Rasno hielt sie in seinen Armen und ihm wurde klar, dass die Wahrscheinlichkeit, sie zu verlieren, sehr groß war.

Sie blickte ihn traurig an. »Vielleicht ist es besser so«, flüsterte sie.

»Was sagst du da?« Er war entsetzt, dass sie aufgab.

»Wenn ihr das Kind einfach aus mir herausschneidet, hat es eine Chance.«

»Das lass ich nicht zu«, sagte er und sie las Zorn in seinem Blick.

Sie krümmte sich in der nächsten Wehe.

»Gut«, sagte Kandor, der spürte, dass das dritte Kind endlich nach unten wanderte. »Du musst durchhalten, Sklavin, wenn du willst, dass auch dieses Kind lebt. Wenn du aufgibst, wird es mit dir sterben. Dein Körper kann das noch schaffen, aber du musst es wollen.«

Sie schloss die Augen. In ihr war die Frage, ob sie das wollte. Wollte sie ein Sklavendasein führen? Wollte sie pausenlos geschwängert werden? Wollte sie die Zuchtstute eines Alien sein? Eines Aliens, der ihr lieb und teuer geworden war. Sie liebte dieses männliche Wesen. Sie hatte es geschafft, ihm zwei Kinder zu schenken. Er wartete nun auf seinen dritten Sohn. Aber er würde sie niemals lieben. Welches Leben konnte sie neben ihm führen?

***

Drei Stunden später lag sie kraftlos vor den Männern, die darauf warteten, dass sie ihr Leben aushauchen würde. Sie hatte in der letzten Stunde viel Blut verloren und das dritte Kind war noch nicht geboren.

Rasno war außer sich, warf dem Arzt in seiner Verzweiflung vor, dass er nichts von seinem Handwerk verstehen würde und nahm Enza immer wieder in die Arme.

»Wenn du das jetzt nicht durchziehst, werde ich für immer böse auf dich sein«, murmelte er verzweifelt.

»Aber ihr wolltet doch Kinder von mir. Die habe ich Euch geschenkt«, flüsterte sie kraftlos.

»Ich will auch dieses Kind, das du mir noch nicht gegeben hast«, knurrte er.

»Dann schneidet es aus mir heraus, bevor es zu spät ist«, bat sie.

»Ich will die Kinder nicht ohne dich.«

»Wieso? Ihr liebt mich doch nicht, wollt noch nicht einmal meine Liebe.« Ihre Stimme war ein Hauch.

»Das stimmt nicht! Ich will dich. Ich will deine Liebe und ich liebe dich, wie man ein Wesen nur lieben kann. Ich will dich nicht verlieren«, sagte er verzweifelt.

Noch nie hatte sie ihn so gesehen. Auch der Arzt blickte erstaunt auf den normalerweise stets besonnenen Ratsherrn.

Sie hob den Blick zu ihm. »Ich liebe dich auch.«

»Hört auf zu turteln«, knurrte der Arzt. »Die nächste Wehe kommt. Auch wenn sie schwach ist, wir müssen sie nutzen. Rasno, heb ihre Beine an und du, Sklavin, drück so fest du kannst.«

Er selbst stellte sich neben Enza und drückte auf ihren Bauch, der bereits blaue Flecken aufwies, weil er das schon so oft gemacht hatte. Sie stöhnte vor Schmerz und presste mit aller Kraft, die sie noch hatte. Da schob sich ein Köpfchen aus ihrem Schoß und mit der folgenden Wehe gebar sie eine Tochter.

»Die Götter müssen wahnsinnig sein!«, keuchte der Arzt. »Ein Mädchen!«

»Ein Mädchen?« Rasno erstarrte. Er küsste seine Sklavin, die bewusstlos in seinen Armen zusammengesunken war.

***

Enza erwachte nur langsam, hielt sich gern in der Dunkelheit auf, die sie gefangen hielt. Es war angenehm hier. Doch da war dieses Geräusch, das sie ermahnte, zurückzukehren, richtig aufzuwachen. Was war es nur?

In den Träumen, die sie gehabt hatte, hörte sie eine vertraute Stimme immer wieder »Ich liebe dich« sagen. Wer war das, der zu ihr sprach? Was bedeutete das markerschütternde Geschrei um sie herum?

Kinder! Es war Babygeschrei. Enza erinnerte sich: Sie hatte Kinder geboren. Sie hatte es tatsächlich geschafft?

Sie wollte die Kinder sehen. Mühsam öffnete sie die Augen, sah Licht, das durch das Fenster fiel. Neben ihr lag ein Baby. Es war klein, so unglaublich klein, und es war schön. Anmutig. Aber dieses Kind weinte nicht. Das Weinen kam aus einer Ecke. Sie versuchte, sich aufzurichten, aber es klappte nicht.

»Du bist wach …«, sagte Rasno erleichtert und strich ihr über die Stirn. »Du bist tatsächlich wach …« In seiner Stimme lag Hoffnung.

»Rasno«, flüsterte sie.

Er lächelte. »Unsere Söhne sind stark. Aber unsere Tochter trinkt leider nicht.«

Enza sah auf das Kind neben sich. Sie schob das Leinen, das ihren Körper umhüllte, zur Seite und zog das Kind an sich. Das Baby leckte mehrmals über ihre Brustwarze. Die Brüste waren voll mit Milch. Als das Kind endlich daran saugte, durchfuhr Enza ein Schmerz, der bis in ihren Schoß reichte. Schmatzend trank das Mädchen und Enza konnte ihre Tränen nicht aufhalten.

»Sie ist so schön«, flüsterte sie ergriffen.

Rasno drückte sie an sich. »Ich liebe dich, Enza«, flüsterte er.

»Ich liebe Euch auch, Herr«, antwortete sie ehrlich.

Er drückte sie an sich und hielt sie umfangen, bis das Kind gestillt war.

***

Nach und nach kam Enza zu Kräften und zwei Wochen später konnte sie ihre Kinder selbst versorgen. Sie wirkte so glücklich wie nie zuvor.

Rasno brachte sie alle drei Tage zu einer medizinischen Kontrolle, die sie stumm über sich ergehen ließ. Vier Wochen nach der Geburt gab der Arzt grünes Licht und erlaubte Rasno, seine Sklavin wieder ihrer ursprünglichen »Bestimmung gemäß« zu benutzen. Bei dieser Untersuchung hatte er sie mit seinen Fingern gefickt, bis sie gekommen war. Sie war wehrlos auf den Untersuchungsstuhl fixiert gewesen und an diesem Tag war Rasno nicht bei der Untersuchung gewesen, weil er von einem Soldaten nach draußen gerufen worden war.

Enza fühlte, dass der Arzt sie leckte und eine Klemme an ihren Kitzler setzte.

»Wir wollen doch messen, wie groß die Menge des Lustsaftes ist, die du produzierst«, keuchte er. Er zwang ihr mehrere Orgasmen ab, befahl ihr aber, diese stumm zu ertragen. Geschickt fing er ihren Saft in einen Messbecher auf.

»Du bist doch tatsächlich die geilste Frau hier«, lachte er. »Siebzig Milliliter bei vier Orgasmen. Das schlägt alle Rekorde.« Er grinste sie frech an. »Rasno wird staunen.«

Enza verging vor Scham, aber sie schwieg.

»Irgendwann wird er dich satt haben. Dann steckt er dich in ein Freudenhaus und ich werde dich buchen und besteigen, bis du mein Junges trägst.«

»Willst du sie denn besteigen?«, fragte plötzlich Rasno hinter ihm.

Der Arzt wandte sich um und antwortete ehrlich: »Ja, das will ich. Das will ich, seit ich sie das erste Mal gesehen habe.«

»Warum bewirbst du dich nicht um eine Sklavin?«, fragte Rasno ruhig. Er verstand die Gier des Mannes nach Enzas Körper nur zu gut.

»Weil die Sklavinnen nur für Soldaten bestimmt sind«, sagte der Arzt traurig.

»Das stimmt nicht«, antwortete Rasno. »Ich bin kein Soldat. Warum bin ich nur nicht selbst darauf gekommen! Du siehst alle Sklavinnen. Du bist derjenige, der sie untersucht. Du siehst sie in ihrer Nacktheit. Du machst sie alle geil für ihre Besitzer und fähig für die Paarung, riechst von ihrem betörenden Duft und siehst, wenn ihr Saft aus ihnen tropft und sie im Anschluss von ihren Herrn gefickt werden. Jedoch du selbst besitzt keine eigene Sklavin, an der du deine Lust, die hier in diesen Räumen nur vergrößert wird, ausleben kannst. Wie dumm von uns, das nicht zu berücksichtigen. Ich werde dein Ansuchen unterstützen. Geh zum Rat, mein Freund.«

»Das würdest du tun?« Kandor konnte es nicht glauben.

»Das werde ich tun. Und jetzt verrate mir, hast du sie benutzt?« Rasno sah auf Enza, die ihn ängstlich ansah.

»Nur mit den Fingern. Ich habe gemessen, wie viel Saft sie gibt, wenn sie kommt. Sie schlägt auch hier alle Rekorde. Kein Wunder, dass sie deinen Prügel aufnehmen konnte. Sie umflutet ihn wahrscheinlich mit einem Übermaß von Nässe, das aus einer gesteigerten Produktion herrührt. Daher kannst du tief in sie eindringen.«

»Du hast sie auch geleckt?«, fragte Rasno.

»Ja«, gab der Arzt zu. »Ich konnte nicht widerstehen. Ihr Saft ist die betörendste Droge.«

Rasno sah ihn ernst an. »Dafür könnte ich dich bestrafen lassen. Du hättest mich um Erlaubnis fragen müssen.«

»Die du nicht gegeben hättest. Niemals«, sagte der Arzt traurig. »Was ich auch verstehen kann ...«, fügte er hinzu.

»Kandor, du kennst mich nicht«, sagte Rasno leise. »Ich gönne meiner Sklavin gern die Erfahrung, von zwei Männern bespielt zu werden. Aber nur unter der Voraussetzung, dass sie es will.«

Der Arzt war überrascht.

»Was machst du mit ihrem Saft?«, fragte Rasno plötzlich.

»Ich werde ihn trinken, wenn ihr weg seid. Und dann werde ich meinen Schwanz bearbeiten und mir vorstellen, dass ich deine Sklavin hart ficke.«

Rasno beugte sich zu Enza und sagte: »Ich will sehen, wie du benutzt wirst, Sklavin.«

Sie zitterte, antwortete aber nicht.

»Nur ein einziges Mal«, sagte er und sah ihr in die Augen. »Du darfst wählen: Entweder du willigst ein, dich ein einziges Mal Kandor hinzugeben, oder wir zwingen dir gemeinsam noch mehr Saft ab und du trinkst diesen vor uns aus.«

»Das ... bitte, Herr ...« Sie zitterte.

Rasno sah, dass ihre Scheide überlief. Er wusste, dass sie den Arzt nicht leiden konnte, aber in ihm reifte die Vorstellung, dass es sie anmachen könnte, wenn er sie zu etwas zwang, was sie niemals tun würde. Sie war tatsächlich devot.

»Oder du überlässt die Entscheidung deinem Herrn, Sklavin!«, schlug er vor.

»Herr, kann ich im Moment empfangen?«, fragte sie.

»Nein«, sagte der Arzt. »Das ist zu kurz nach der Geburt.«

Rasno küsste sie und sagte mit Nachdruck: »Ich will es.«

»Dann entscheidet über mich, wie es Euch gefällt.«

Rasno umfasste ihre Brüste und stimulierte sie. Er lächelte sie an und nickte. »Du hast eine sehr weise Entscheidung getroffen, Sklavin, denn ich will es sein, der über dich bestimmt.«

Sie stöhnte auf, als er mit seinen Daumen leicht ihre Nippel quälte.

»Nimm sie«, befahl er Kandor.

Dieser entblößte sich sofort. Er hatte einen schönen, geäderten Schwanz. Sie würde es genießen, wurde Rasno klar. Er würde ihr befehlen, es zu genießen. Begeistert beobachtete er den Arzt.

Bevor Kandor in sie eindrang, leckte er hingebungsvoll ihre Scham. Seine Finger ruhten nicht. Und als er sich endlich in sie trieb, kam Enza sofort. Der Arzt trieb dieses Spiel immer wieder mit ihr, bis er sich nach zwanzig Minuten in sie ergoss.

Dann nahm Rasno seinen Platz ein und schob sich in die nasse Grotte seiner Sklavin.

»Ich markiere sie zurück«, keuchte er.

Enza wimmerte vor Lust, als er sie endlich wieder in Besitz nahm. Sie war ehrlich genug, um sich einzugestehen, dass es nicht unangenehm gewesen war, vom Arzt penetriert zu werden. Vor allem deshalb nicht, weil sie die ganze Zeit in den Augen ihres Herrn seine Zufriedenheit gelesen hatte. Ihm hatte gefallen, was er gesehen hatte. Letztlich hatte es sie sogar geil gemacht, von einem Fremden benutzt zu werden. Sie war daran, den Verstand zu verlieren. Aber es war eine angenehme Weise, verrückt zu werden.

Jetzt von ihrem Herrn hart, fast brutal, zurückmarkiert zu werden, fühlte sich wundervoll an. Sie kam mehrmals und genoss die Vereinigung, wie keine je zuvor.

***

Vier Tage später machte Rasno seine Sklavin zu seiner Gefährtin. Zum ersten Mal trug sie auf diesem Planeten ein Kleid. Vor der Ratsversammlung leistete Rasno den Schwur und Enza nahm ihn zu ihren Gefährten. Aber in seinem Haus war sie weiterhin seine Lustsklavin. Es war nicht ausgesprochen worden, aber sie hatte die Rolle nie gewechselt. Und Rasno hatte nie gesagt, dass sie es tun sollte.

Rasno hielt Wort, das er gegenüber Kandor gegeben hatte. Bei der nächsten Versammlung brachte Rasno die Bitte des Arztes nach einer eigenen Sklavin vor, und mit Rasnos Unterstützung wurde diese von allen Ratsmitgliedern stattgegeben. Kandor wurde auf die Liste der Auserwählten gesetzt, denen es erlaubt war, eine Sklavin zu wählen, wenn das nächste Spaceshuttle von der Erde neue Sklavinnen bringen würde.

***

Sechs Monate später hörte man, dass Frauen von der Erde losgeschickt werden würden. Die Liste der Soldaten, die eine Sklavin erhielten, wurde vorgelesen.

Kandors Herz schien auszusetzen, als er seinen Namen hörte. Er sah zu Rasno, der ihm zulächelte. Er war so aufgeregt, dass er nicht mehr mitbekam, wann das Spaceshuttle erwartet wurde. Aber das war egal, denn man würde alle Frauen bei ihm vorbeibringen.

Er würde nicht zum Shuttle gehen können. Aber selbst das war nicht wichtig. Seine Aufgabe war es, alle Frauen zu untersuchen. Und eine der Sklavinnen würde für ihn sein. Das war sehr viel mehr, als er je zu hoffen gewagt hatte. Eine der nächsten neuen Sklavinnen würde ihm gehören! Ihm, Kandor!

Kandor und Kara

Das Einzige, was Kandor nicht konnte, war, selbst zum Shuttle zu gehen, um sich seine Sklavin abzuholen. Deswegen hatte er Rasno gebeten, eine zu ihm zu bringen. Stundenlang hatte er die vierundzwanzig Frauen, die zu Sklavinnen der Soldaten werden würden, untersucht, medizinische Mängel behoben, Verletzungen gelindert und den Männern Anordnungen gegeben, wie sie mit den Frauen umzugehen hatten. Auch dieses Mal waren junge Frauen geschickt worden. Nicht so junge wie Enza, aber keine der Frauen war älter als dreißig Jahre. Die Soldaten waren erfreut gewesen.

Nun fehlte noch die letzte Sklavin. Sie würde seine werden. Kandor war aufgeregt, sein Schwanz hart. Er brauchte eine Frau, die er zur Stillung seiner Lust verwenden konnte. Es war immer die gleiche Reaktion bei ihm. Er untersuchte die Frauen, lotete sie aus, versuchte zu erkennen, wie sie auf Männer reagierten, um den Männern, denen sie ab dann zugesprochen waren, konkrete Anregungen zu geben. Er roch den Saft, den er den Frauen entlockte. Er wurde immer mit den schönen und begehrenswerten Frauen konfrontiert. In den Nächten hörte er die Schreie der Sklavinnen, die von den Soldaten dominiert wurden.

Das ging nicht einfach spurlos an ihm vorbei. Auch er war ein Mann und wünschte sich, seine Lust stillen zu können.

Dieses Mal waren schöne Frauen dabei gewesen, Frauen,

die ihm ausgesprochen gut gefallen hätten. Wie immer war er völlig aufgegeilt, wenn er mit seinen Untersuchungen fertig war. Er atmete tief durch und griff an seinen Schritt, als wollte er seine Männlichkeit beruhigen. Zum hundertsten Mal stellte er sich die Frage: Wie würde seine Sklavin aussehen?

Rasno trat ein.

»Bist du bereit?«, fragte Rasno.

»Wie sieht sie aus?«, fragte Kandor aufgeregt.

Rasno sah ihn ernst an. »Sie ist verletzt. Sie hat versucht, ihrem Schicksal zu entgehen und war von Soldaten bei einem Fluchtversuch gefangen geworden.«

»Bei den Göttern!«, stieß Kandor hervor.

»Sie wurde vom Kommandanten in seinem Büro ›zur Verantwortung‹ gezogen. Dabei hat er sie nicht nur missbraucht, sondern auch ausgepeitscht, weil er so darauf steht. Was sie jetzt braucht, ist ein Arzt, Kandor. Da alle anderen Frauen wieder geflohen waren, wurden sie von den Soldaten als erste eingefangen und hierher gebracht. Ich hab diese Sklavin im Shuttle gefunden. Sie war geschwächt und konnte nicht mehr davonlaufen. Während wir gemeinsam auf die Untersuchung warteten, habe ich ihr etwas zu Essen gegeben.« Rasno wirkte besorgt.

»Warum hast du sie nicht augenblicklich zu mir gebracht?«, fragte Kandor aufgewühlt. »Notfälle haben immer Vorrang.«

»Ich wollte sie für dich aufheben. Du kannst sie dir jetzt in Ruhe ansehen und auch untersuchen. Ich denke, bei dir ist sie in den richtigen Händen«, sagte Rasno ruhig.

Er ging ins Wartezimmer und kam kurz darauf mit einer Frau auf den Armen in das Untersuchungszimmer zurück.

Kandor sog die Luft ein. Diese Frau war ordentlich verprügelt worden. Überall waren blaue Flecken, das Gesicht verschwollen, die Lippe aufgeplatzt ... Spuren der Auspeitschung waren deutlich auf ihrem Rücken zu sehen. Sie wimmerte, als Rasno sie auf den Untersuchungstisch legte und fixierte.

»Du bist jetzt beim Arzt, Kara«, sagte Rasno. »Du wirst danach deinem Herrn zugeführt werden.«

»Warum tötet ihr mich nicht gleich? Ich werde sowieso wieder fliehen. Auch wenn ihr mich dann erneut so vermöbelt. Es ist mir egal!«, begehrte sie auf.

»Wessen hat sie sich schuldig gemacht?«, fragte Kandor.

»Sie hat Aufstände gegen die Regierung angezettelt. Jedenfalls steht das in ihrer Akte«, sagte Rasno grinsend.

»So, hat sie das?« Kandor schaute Rasno in die Augen und grinste auch. Er würde diese Wildkatze schon zähmen.

Rasno verabschiedete sich und verließ den Raum.

Kandor war nun mit seiner Sklavin allein. Er hatte eine Lustsklavin, die nur ihm gehörte. Freude durchflutete ihn. Auch wenn sie so zugerichtet war, sie gehörte ihm.

Kandor trat an sie heran und erklärte ihr, dass er sie nun untersuchen würde. Ihre Scheide war verschwollen. Die Schleimhaut war an mehreren Stellen eingerissen und sie blutete. Man hatte sie nicht nur einmal vergewaltigt.

»Hast du Injektionen bekommen?«, fragte er mit einer Stimme, die ihm selbst fremd war.

»Ja.« Sie wimmerte, als er sie mit dem vaginalen Ultraschall untersuchte.

»Vor der Vergewaltigung oder danach?«, wollte er wissen. Es war denkbar, dass sie durch die Vergewaltigungen schwanger sein konnte. Was würde er dann tun?

»Danach. Eine Frau gab mir die Injektionen, als ich im Shuttle fixiert war. Was ist es, was man uns allen gespritzt hat?«, fragte sie.

»Hormone«, antwortete Kandor, ohne sein Tun zu unterbrechen. Nein, er konnte nichts feststellen, was auf eine Schwangerschaft hindeutete. Er fand aber auch kein männliches Sperma in ihrer Scheide.

»Wurdest du ... konntest du duschen, bevor du hierhergeschickt worden bist?«, wollte er wissen.

»Die Männer, die mich ... Ich wurde von ihnen gereinigt. Sie haben mich ausgespült. Mit einer Desinfektionslösung.«

Verdammt, diese Verbrecher hatten ihr nichts erspart. Kandor nahm sich vor, eine Meldung zu machen. Immer wieder kam es gegenüber den Frauen, die hierhergeschickt wurden, zu sexuellen Übergriffen.

»Wie alt bist du?«, fragte er. Es war unmöglich, ihr Alter zu schätzen, wenn er in ihr verschwollenes Gesicht sah. Der Körper wirkte jung.

»Zwanzig Jahre.«

»Hattest du schon vor der Begegnung mit den Soldaten Kontakt mit Männern?«

»Ich hatte bereits sexuelle Erfahrung, wenn du das meinst«, gab sie zu. Ihre Stimme klang angespannt. Sie hatte offensichtlich Schmerzen.

»Ist gleich vorbei«, brummte er.

Sie hielt den Atem an und biss die Zähne zusammen. Als sie sich kurz darauf entspannte, fragte er sie weiter.

»Hattest du einen fixen ... Gefährten?« Plötzlich war ihm diese Frage wichtig.

»Nichts von Bedeutung.« Sie weinte leise, als er eine heilende Lösung in ihr einbrachte.

»So schlimm?«, fragte er sie.

»Es ist ... erniedrigend.«

»Du wirst dich daran gewöhnen müssen.« Er wollte eigentlich ungerührt sein, aber irgendwie gelang ihm das nicht so ganz.

»Träum weiter, Alien«, sagte sie knapp.

Er hob den Blick und begegnete dem ihren. Sie lag angespannt vor ihm. Wehrlos, aber nicht besiegt. Ihr Haar hatte man ihr geschoren. Das brachte ihr Gesicht noch mehr zur Geltung. Sie hatte auffallend große Augen.

»Du hast einen miesen Friseur«, sagte er.

Sie schloss die Augen. »Die Soldaten haben mich ... bevor sie mich zum Kommandanten gebracht haben, wurden mir die Haare abgeschnitten und mein Kopf rasiert ...«

»Wer hat dich so verprügelt?«, fragte er.

»Alle gemeinsam. Und dann haben sie ...«, sie unterbrach sich und biss sich auf die Lippen.

»Was haben sie?«

»Sie haben mich gehalten, während der Kommandant mich ... gezüchtigt hat.«

»Und die Züchtigung beinhaltete genau was?«, hakte er nach.

Sie schwieg.

»Es würde mir erleichtern, die Untersuchungen durchzuführen, wärst du ein wenig kooperativer, Sklavin«, sagte er mit einer Ruhe in der Stimme, die er nicht empfand.

»Wer wird mein Herr sein?«

Er sah an ihrem Hals, dass ihr Puls raste. »Du wirst es bald erfahren.«

»Ist ... ist er grob?«

»Was haben die Männer gemacht, während du diszipliniert worden bist?«, lenkte er ab.

»Sie haben mich festgehalten, während einer mich ausgepeitscht hat.«

»Wer ist ›einer‹? Der Kommandant?«

Kandor trug Salbe auf ihre blauen Flecke auf.

Sie nickte.

»Wie viele Hiebe hast du erhalten?«

»Fünfzig.« Sie senkte den Blick und leckte sich über die verschwollenen Lippen. »Fünfzig mit der Peitsche und fünfzehn mit dem Stock.«

»Und das du hast überlebt?«, fragte er bestürzt.

»Der Kommandant war betrunken und ich habe mich gewehrt. Da haben mich die anderen festgehalten und ... und als ich ... also danach hat er mich ...« Sie weinte.

Kandor streichelte ihre Schulter. Nach einer Weile fragte er: »Nur er?«

»Nein.« Sie schüttelte den Kopf. »Noch fünf andere. Aber ... nicht auf dem normalen Weg.« Sie schloss die Augen.

Kandor untersuchte sie anal. Ihre Schleimhaut war ebenfalls verletzt. Die Männer hatten sich brutal an ihr vergangen.

»Das wird wieder, Sklavin«, sagte er mit rauer Stimme. Er hätte sie so gern heute schon benutzt, aber so wie sie aussah, musste er sich gedulden.

Er griff nach oben und zog ein Gerät über ihren Körper.

»Es ist wichtig, dass ich sehe, ob du innere Verletzungen davongetragen hast«, erklärte er.

Er wartete geduldig, während das Gerät sie durchscannte und betrachtete die Bilder, die auf einem Bildschirm erschienen.

»Du hattest großes Glück«, murmelte er.

»Wie man es nimmt«, sagte sie, als der Arzt das Gerät wieder von ihrem Körper nahm.

»Wie meinst du das, Sklavin?«, wollte er wissen.

»Eigentlich schade, dass ich es überlebt habe.«

Er sah sie eindringlich an. »Nicht alle Männer benehmen sich so.«

»Soldaten sind nicht sanft«, sagte sie.

»Du bist keinem Soldaten zugesprochen«, klärte er sie auf.

»Aber ich dachte, hier gibt es nur Soldaten ...«

Sie zuckte, als er eine schmerzende Stelle versorgte.

»Ja, hauptsächlich. Das ist richtig. Aber es gibt auch zehn Ratsmitglieder und einen Arzt«, informierte er sie.

Sie schloss die Augen. »Kein Soldat?« Sie klang enttäuscht.

Da durchschaute er sie. »Er hätte dich nicht umgebracht, wenn er dich eingefangen hätte, Sklavin. Dafür sind uns Frauen zu wertvoll, denn sie sind zu selten. Er hätte dich lediglich bestraft, glaub mir.«

»Er hätte mich also ebenfalls verdroschen.«

»Ja, oder einem anderen Soldaten übergeben. Möglicherweise wärst du ins Freudenhaus gekommen.«

Sie sank in sich zusammen. »Welchem Ratsmitglied bin ich denn versprochen?« Sie sah ihn an.

Er erkannte ihre Angst. »Keinem. Du gehörst Kandor, dem Arzt. Genau genommen, mir, Sklavin.«

»Du? Du bist mein Herr?«

Er nickte, konnte aber in ihrem Gesicht nicht lesen, ob sie darüber erfreut war oder nicht. Er seufzte. »Ihr Sklavinnen seid hier, um uns Männern Lust zu schenken. Da du zurzeit nicht fähig dazu bist, werde ich dich erst verarzten und warten, bis du geheilt bist. Danach aber wirst du mir dienen.«

Sie nickte langsam.

***

Kandor brachte Kara, nachdem er die Untersuchung beendet und ihre Wunden versorgt hatte, in sein Haus, das gleich in der Nähe des Arzthauses lag. Auf dem Weg dorthin hatte er Gondol gebeten, Kara als seine Sklavin einzutragen und das Brandzeichen erst später an ihr vornehmen zu lassen, da sie noch zu schwer an ihren Verletzungen litt.

Zu Hause wies er ihr ein Zimmer zu und zog sich zurück.

***

In dieser Nacht erhielt Kandor den Befehl, den Einsatz einer Soldatengruppe zu begleiten, da damit gerechnet wurde, dass es dabei Verletzte geben würde.

Er weckte seine Sklavin, die in einer kleinen Kammer untergebracht war und gebot ihr, ihm zu folgen. Rasch brachte er sie in das Haus seines Freundes Rasno. Dieser nahm Kandors Sklavin bei sich auf und versprach, sie laut den ärztlichen Anweisungen zu versorgen, bis Kandor zurück sein würde.

Rasno hielt Wort. Ihre Wunden verband Enza, Rasnos Gefährtin. Aber er wachte über Kara, beobachtete sie und suchte nach Spätfolgen, die sie vielleicht durch ihre Erfahrung auf der Erde davontrug.

Kara war ruhig, zog sich schnell zurück und sprach wenig. Sie konnte stundenlang aus dem Fenster sehen. Sehnsüchtig blickte sie immer wieder zum Wald, der die Station der Soldaten, die mit einem Dorf vergleichbar war, umgab.

Einmal kam Rasno ins Zimmer, während sie gedankenverloren am Fenster stand.

»Was überlegst du?«, fragte er. »Wie du von hier fortkommst? Ob du es ungesehen schaffen kannst, den Wald zu erreichen? Lass dich nicht zu einer Flucht hinreißen, Sklavin. Die Folgen wären schlimm!«

Sie wandte sich langsam zu ihm um und sah ihm in die Augen. Es lag keine Furcht darin. Rasno sah aber eine große Traurigkeit und einen Schmerz, der tief in ihr lag.

»Es könnte doch auch mein Tod sein, oder etwa nicht?«

Rasno nickte.

»Das wäre nicht schlecht«, sagte sie und drehte sich wieder zum Fenster.

»Kandor meint es gut mit dir, Sklavin. Er ist ein ehrenhafter Herr.«

»Aber ich bin nun einmal keine Sklavin. Schon gar nicht eine, die auf sexuelle Benutzung reduziert werden will, Herr Rasno!«, sagte sie ernst.

»Es ist dir nicht gestattet, mich mit meinem Namen anzusprechen, Sklavin«, knurrte Rasno.

»Dann vermöble mich halt oder streich mir das Abendessen oder mach sonst was. Es ist mir egal!«, sagte sie, ohne sich noch einmal umzudrehen.

»Ich werde veranlassen, dass du mit unseren Gesetzen vertraut wirst.« Rasno wandte sich ab.

»Wozu? Darin gibt es ja ohnehin kein Recht, das für mich spricht. Behalte deine Gesetze, Ratsmitglied. Sie interessieren mich nicht.«

Rasno sah, dass sie stumm weinte. »Geh zu Enza und schau, ob du ihr helfen kannst«, befahl er ihr.

Wortlos, ohne ihn noch einmal anzusehen, gehorchte Kara.

Enza war ein guter Gedanke, fand Kara. Mit ihr konnte sie über vieles reden. Sie verstand zwar nicht Enzas Hingabe gegenüber Rasno, er war zwar ein schöner Mann, aber er war hochnäsig. So ein richtiger Advokat. Allerdings, das musste sie zugeben, war er kein Tyrann, auch ihr gegenüber war er bis jetzt fair geblieben.

***

Karas Zustand verbesserte sich allmählich und nach und nach freundete sie sich mit ihren Gastgebern an. Sie half Enza bei der Versorgung der Kinder, besonders bei Sanui, der Tochter des Paares. Sie hatte es ihr angetan. Den ganzen Tag liebkoste sie das Mädchen, spielte mit ihm und ging auch sonst allen zur Hand. Schnell hatte man sich an die unerwartete Hilfe gewöhnt und so war es nicht schlimm, dass der Einsatz, an dem der Arzt teilnahm, sich dahinzog.

Die Blessuren, die Kara verunstaltet hatten, heilten ab. Täglich wurde mehr von Karas Schönheit sichtbar. Kara hatte große, dunkle Augen, die fast schwarz wirkten. Ihr schwarzes Haar begann nachzuwachsen und Enza schaffte es, ihr einen halbwegs ansehnlichen Haarschnitt zu verpassen. Sie war hochgewachsen und schlank, doch nicht dürr. Ihr Hinterteil lud dazu ein, sich damit zu beschäftigen und wenn sie ging, schwang sie einladend ihre Hüften. Sie war perfekt, um die Lust eines Mannes zu stillen. Enza hatte Kara eine Tunika gegeben, die sie tragen konnte. Das fand Kara angenehmer, als nackt herumzulaufen, was sie als Sklavin eigentlich hätte tun müssen.

Rasno fand Kara aufregend weiblich. Allein ihr Anblick steigerte seine Lust. In den Nächten widmete er sich seiner Gemahlin dermaßen leidenschaftlich, dass deren Lustschreie das Haus erfüllten.

Kara hörte es Nacht für Nacht und manches Mal wünschte sie sich, sie würde jemals wieder die Zuwendung eines Mannes ertragen können, ohne ihre Panik unterdrücken zu müssen. Sich vorzustellen, dass sie jemals wieder bei einem Mann liegen und von ihm berührt werden würde, versetzte sie augenblicklich in Panik. Nur mühsam zwang sie sich zu anderen Gedanken. Aber die Angst blieb. Genau das würde Kandor von ihr verlangen. Er würde bei ihr liegen und mit ihr schlafen.

***

Sieben Wochen, nachdem Kara in Rasnos Haus gekommen war, rief Enza sie zu sich und sagte: »Schnell, heute musst du dich ordentlich reinigen. Ich werde dir helfen, dich zu rasieren, denn unsere Männer wollen uns haarlos.«

»Wieso sollte ich das jetzt so dringend machen?«, fragte Kara.

»Kandor kehrt heute zurück. Er gab uns Nachricht, dass du für ihn bereit zu sein hast. Es wird Zeit, dass du deinen Dienst antrittst.«

Enzas Stimme war freundlich, doch in Kara brach eine Welt zusammen. Sie hatte sich der Illusion hingegeben, in diesem Haus immer als Kindermädchen arbeiten zu können.

»Kann ich ... kann ich denn nicht bei dir bleiben?«, fragte sie verzweifelt. »Ich sehe doch, dass du mich brauchst.«

Enza schüttelte den Kopf. »Du hast nichts zu befürchten. Dein Herr ist nicht grausam. Er lebt nur allein und hatte lange keine eigene Sklavin zur Stillung seines Begehrens. Aber er wird dich nicht überfordern.« Enza schien sich sicher zu sein.

»Bitte«, sagte Kara und weinte, »lass mich bei dir bleiben.«

»Das geht leider nicht. Komm, ich helfe dir.« Enza zog sie mit sich.

Kara ließ es zu, dass sie geduscht und rasiert wurde. Überrascht stellte sie fest, dass Enza ihre Scheide spülte. Die leichte alkoholische Lösung brannte, aber dieser Schmerz war nicht schlimm.

»Keine Angst – ich werde dich nicht nackt zu ihm gehen lassen. Hier, hüll dich in dieses Tuch, wenn Rasno dich zu Kandor bringt.« Sie reichte Kara ein Leinentuch, das wunderschön bemalt war.

»Gefällt es dir?«, fragte Enza.

Kara nickte.

»Ich schenke es dir zum Dank für deine Hilfe.« Sie küsste die entmutigte Sklavin auf beide Wangen. »Alles Gute. Und – besuche mich, sooft es dir erlaubt ist.«

Rasno erklärte ihr, dass sie Kandor neben seinem Bett kniend erwarten sollte. Kara eilte sofort in Kandors Zimmer, legte das Tuch ab und kniete sich neben das Bett. Aber sie hatte so große Angst, dass ihre Muskeln versagten. Schluchzend sank sie zusammen.

»Fällt dir dein Los tatsächlich so schwer, Sklavin?«, hörte

sie plötzlich hinter sich eine männliche Stimme. Kandor. Sie erkannte seine Stimme sofort. Doch sie bewegte sich nicht.

»Ich kann das nicht.« Sie weinte leise.

»Was kannst du nicht?«, fragte er sie.

»Ich will nicht, dass ein Mann ... mich berührt.« Allein bei der Vorstellung verspannte sie sich. »Bitte, lass mich einfach gehen. Mir ist schlecht, wenn ich daran denke, dass ein Mann ...« Sie schluchzte auf.

»Dir ekelt davor, bei mir zu liegen?«, fragte Kandor.

Kara überlegte und schüttelte den Kopf. »Ich glaube nicht, dass mich vor *dir* ekelt. Mich ekelt vor mir, Herr.«

»Du bist aber nun einmal meine Sklavin und ich erwarte Gehorsam. In jeder Hinsicht. Es ist gut, dass du hier bist. Rasno hat mir erzählt, dass du eine große Hilfe für Enza warst. Das macht mich stolz, Sklavin. Auch wurde mir berichtet, dass deine Verletzungen abgeheilt sind. Das hatte ich erhofft. Rasno sagte, dass deine Fruchtbarkeit sich gezeigt hat und du deine Monatsblutung gehabt hast. Das ist sehr erfreulich. Die Hormongabe, die du durch die Menschen bekommen hast, haben wir beide zwar nicht genutzt, aber das ist schon in Ordnung. Ich habe von deiner anhaltenden Sehnsucht, zu fliehen, erfahren. Deine Unbelehrbarkeit in diesem Punkt ist allerdings ärgerlich. Nun bist du wieder bei mir und es freut mich, dass du mir keine Schande gemacht hast.« Er atmete tief ein, bevor er weitersprach. »Der Einsatz war schlimm. Ich hatte viel zu tun und wir haben Soldaten verloren. Drei Sklavinnen werden neu vergeben werden müssen. Und ich ... ich brauche jetzt Zerstreuung. Füge dich also und diene mir.« Er klang traurig.

Überrascht erhob sie sich und blickte ihn an. Er wirkte tatsächlich erschöpft. »Ich könnte dir beim Bad helfen, Kandor«, schlug sie vor.

Sie sprach ihn mit seinem Namen an, was keine Sklavin jeher gewagt hatte. Er lächelte, denn es passte für ihn. Als er ihr Gesicht sah, sog er die Luft ein. Sie war die schönste Frau, die er je gesehen hatte. *Sie gehört dir*, sagte eine Stimme in ihm.

»Das Entspannungsbad muss warten«, sagte er und trat an sie heran. Er drängte sie auf das Bett und schob sich über sie. Er las Panik in ihrem Blick. Sie erstarrte unter seinen Berührungen. Nein, so konnte er sie nicht nehmen.

»Kara, auch wenn du meine Sklavin bist, so liegt mir nicht daran, dich nur zu benutzen. Es würde mich freuen, könntest du das, was ich gern mit dir mache, auch ein bisschen wollen«, sagte er.

»Ich habe Angst«, gestand sie.

»Wovor?«, fragte er ruhig.

Sie biss sich auf die Lippen und drängte die Tränen zurück.

Er setzte sich neben sie auf das Bett und gab ihr ein Zeichen, sich ebenfalls hinzusetzen.

»Kannst du sagen, was dir Angst macht?«, fragte er.

»Alles«, flüsterte sie.

»Das ist eine ganze Menge.«

Die äußeren Wunden waren verheilt aber die inneren anscheinend noch nicht.

»Lass mich dich untersuchen«, teilte er ihr mit. »Ich möchte sehen, wie weit deine Wunden verheilt sind. Kannst du das ertragen?«

Sie nickte.

Kandor berührte ihr Gesicht und sah sie lange an.

»Das sieht wirklich schon sehr schön aus«, stellte er fest.

Dann drehte er sie so, dass er ihren Rücken sehen konnte.

»Da ist nichts mehr zu sehen.« Er fuhr mit der Hand über den Rücken und spürte, dass sie erschauderte.

»Lass mich«, bat er. »Ich will fühlen, ob du noch irgendwo geschwollen bist.«

Sie nickte und ließ es zu. Kandor streichelte ihren Rücken und hörte nicht damit auf. Sie endlich zu berühren, war wundervoll. Er beugte sich zu ihr und hauchte zarte Küsse auf ihren Nacken.

»Ist das schlimm?«, fragte er sie leise.

Sie schüttelte den Kopf und ließ es zu, dass eine Hand nach vorn zu ihren Brüsten wanderte.

»Du musst dich noch einmal herlegen, damit ich deine Scheide untersuchen kann, Kara«, flüsterte er.

Sie bebte, als sie gehorchte.

»Öffne dich weit«, verlangte er. Seine Finger tasteten an ihre Scham. Sie war nass.

»Du bist bereit für mich ...« Er war überrascht.

»Enza hat mich gespült, seitdem laufe ich über«, gestand sie.

Er küsste sie zärtlich und beobachtete ihre Reaktion darauf. Allmählich entspannte sie sich unter seinem sinnlichen Ansturm. Ihr Mund schmeckte wundervoll. Sie fühlte sich großartig an. Alles an ihr war irgendwie märchenhaft für Kandor.

»Ich will mit dir schlafen, Kara«, gestand er mit heiserer Stimme.

Kara nickte.

»Wenn du etwas nicht willst, dann gib mir ein Zeichen. Ich werde versuchen, es zu berücksichtigen.«

Wieder nickte sie, zum Zeichen, dass sie ihn verstanden hatte.

»Arme Kara, ich werde nicht viel Geduld haben, aber ich werde mich bemühen, sanft zu sein«, versprach er.

Er hätte sie sowieso genommen, aber er würde sie nicht vergewaltigen.

Sie umfasste seinen Kopf und zog ihn zu sich. »Bitte, küss mich, wenn du mich nimmst«, bat sie, »das gibt mir das Gefühl, nicht benutzt zu werden.«

Er küsste sie und drang endlich tief in sie ein.

Sie nahm ihn ganz auf. Er war groß, aber nicht zu groß für sie. Nach der Erfahrung durch die Soldaten, die sie mehrmals benutzt hatten – das hatte er in ihrer Akte, mit der er sich bei seiner Rückkehr auseinandergesetzt hatte, war es kein Problem für sie, diesen Stab aufzunehmen.

Sie atmete ein, als sie realisierte, dass der Schmerz ausblieb.

»Ist es erträglich?«, fragte Kandor, der ruhig in ihr verharrte.

»Es ist nicht unangenehm«, gab sie zu.

»Den Göttern sei Dank! Ich kann nicht mehr warten«, stöhnte er.

Er nahm sie in Besitz. Sie zu ficken, war wunderbar. Immer wieder küsste er sie, nahm ihr Stöhnen in seinem Mund auf und genoss ihre Zuckungen, mit denen sie seinen Stab massierte. Er zwang ihr mehrere Orgasmen ab, bevor er sich zum ersten Mal verströmte. Doch er ließ nicht ab von ihr. Er wechselte die Position, befahl ihr, ihn zu reiten, drängte sie aus dem Bett, bis hin zu einem Tisch. Er legte sie vor sich auf den Tisch, um tiefer in sie einzudringen, wenn er sie von hinten nahm. Sie wehrte sich nicht gegen ihn. Endlich drang er bis zu ihrer Gebärmutteröffnung ein, soweit es ihm möglich war, und spülte diese mit seinem Samen. Ihr Schmerz, den er ihr dabei abverlangte und den er fühlen konnte, war für ihn köstlich.

Kara war erschöpft, als er sich von ihr zurückzog. Doch sie wirkte nicht gebrochen. Als sie sich erhob, um ihn ins Bad zu begleiten, rann sein Samen aus ihrer Grotte. Er genoss diesen Anblick. Sie sah aus, wie eine durchgefickte Sklavin aussehen sollte. Das machte ihn scharf. Doch bevor er sie erneut nahm, wollte er sich reinigen.

Zu seiner Überraschung übernahm Kara es, ihn zu säubern. Sie wusch ihn, liebkoste ihn und massierte seine müden Muskeln. Dann bat sie ihn, in die Küche zu kommen und gab ihm von dem Eintopf, den sie mit Enza gekocht und mitgebracht hatte. Er genoss es, sie dabei zu betrachten, wie sie ihm diente.

»Du hast dich in dein Los gefunden?«, fragte er anerkennend.

»Nein, ich werde fliehen«, sagte sie.

»Warum erzählst du mir das?«, fragte er überrascht.

»Ich werde dich nicht belügen. Niemals. Nur, rechne nicht damit, dass ich bei dir bleiben werde.« Sie blickte ihn herausfordernd an.

»Wir werden sehen«, sagte er leise.

***

Zwei Tage hatte Kandor sich Urlaub genommen und sich mit Kara in seinem Bett vergnügt. Ihre anfängliche Verspannung war einer erfreulichen Reaktion auf seine sinnlichen Attacken gewichen. Ohne ihre dramatische Vorgeschichte zu berücksichtigen, war sie die sinnlichste Frau, die ihm bis jetzt begegnet war. In den wenigen Stunden, in denen er ihr eine kurze Erholung erlaubte, schlief sie schlecht. Immer wieder schrie sie auf und schreckte aus dem Schlaf. Aber sie beruhigte sich schnell, wenn sie erkannte, wo sie war. Er genoss die unerwartet lustvollen Stunden, die er mit ihr im Bett oder unter der Dusche oder auf dem Teppich oder sonst wo erlebte. Sie war biegsam und passte perfekt zu seinem Körper. Ihre Lust war leicht zu wecken und er genoss jede Vereinigung umso mehr, je mehr sie ihren Widerstand gegen die Paarung ablegte. Ihre Lustschreie waren weit hörbar und er genoss den Ruf, ausdauernd zu sein, mehr als je zuvor.

Am dritten Tag fesselte er sie auf den Untersuchungstisch seiner Praxis. Er hatte sie besamt und sie trug sein Kind. Als er das erkannte, fickte er sie auf dem Tisch, bis sie ihn anbettelte, ihr eine Pause zu gönnen.

Er versprach ihr einen halben Tag Pause, wenn sie ihn noch einmal aufnehmen würde. Lustvoll stimulierte er sie, bis sie ihn um Erfüllung ihrer Lust anbettelte. Vor Erregung zitternd lag sie vor ihm und er genoss es, ihre Lust noch mehr zu wecken, indem er ihre nackte Scham mit Händen und seiner Zunge bearbeitete und ihr einen Orgasmus abrang. Dann gönnte er sich eine tiefe Paarung und hoffte, dass sie noch einmal empfangen würde. Ihr Körper war bereit dafür. Er hatte ihr Blut untersucht und den Hormonspiegel bestimmt. Sie könnte noch einmal sein Kind empfangen. Bei allen Göttern, er wollte, dass ihr Bauch sich wölbte und sie seine Jungen tragen würde. Er wollte, dass ihre Brüste groß wurden und von ihrer Schwangerschaft zeugten. Er wollte ihre Fruchtbarkeit für alle erkennbar machen.

Auch wenn er sie hart nahm, so gab sie sich ihm leidenschaftlich hin. Nun konnte er Rasno verstehen, der in seiner Sklavin seine Gefährtin gefunden hatte. Soweit wagte er jedoch nicht zu hoffen. Aber seine Sklavin war fähig, seinen Samen aufzunehmen und, wie er sich wünschte, auszutragen. Ihre Hüften waren breit, sie war jung und gesund. Sie würde seine Jungen auch gebären können. Er würde sie in allem unterstützen, was sie dafür brauchte.

Wild rammte er sich in sie und flutete ihren Schoß mit seinem Samen. Er roch sofort, dass sich ihr Duft verändert hatte. Sie trug erneut ein Kind. Er war berauscht, liebkoste sie und küsste sie immer wieder. Kara erwiderte die Küsse und drückte sich ihm entgegen, soweit es ihre Fesseln zuließen.

»Es ist möglich, dass du mein Kind empfangen hast«, gestand er vorsichtig. Wie würde sie reagieren? Er wolle sie langsam an die Tatsache heranführen.

Sie wich von ihm zurück und hauchte: »Nein. Sag so etwas bitte nicht. Das kann nicht stimmen. Außerdem kannst du es noch gar nicht wissen.«

Nein, sie war überhaupt noch nicht bereit dafür, diese Nachricht aufzunehmen.

»Das ist der Sinn dieser leidenschaftlichen Vereinigungen gewesen«, erinnerte er sie. Dass er die Befruchtung riechen konnte, verschwieg er vorerst, denn sie wirkte schockiert genug.

»Aber die Menschenfrauen sterben doch, wenn sie von euch besamt werden oder spätestens nach der Geburt, oder?«

»Du hast Enzas Kinder gesehen. Und Enza scheint es gut zu gehen.« Er sah sie herausfordernd an.

»Ausnahmen, die die Regel bestätigen«, sagte sie.

Er fühlte ihre Panik. »Freust du dich denn gar nicht über die Möglichkeit, dass neues Leben in dir heranwachsen könnte?«

»Nein ... doch ...« Auf einmal wirkte sie unsicher. »Außerdem wird es mich dann auch an dich binden.«

»Du hast mein Zeichen noch nicht empfangen, Sklavin.« Er wurde sich dieser Tatsache jetzt selber bewusst und Traurigkeit überkam ihn. Sollte er doch nur so kurzes Glück erfahren?

»Bist du mir böse?«, wollte sie wissen.

»Alle Sklavinnen tragen das Zeichen ihres Herrn an ihrer Schulter. Ein Brandzeichen. Bei deiner Ankunft warst du noch zu schwach, als dass ich es dir hätte geben können. Ich habe Rücksicht auf dich genommen. Du gehörst also noch nicht richtig zu mir. Nun scheinst du kräftig genug dafür zu sein und ich wünsche es mir von dir.« Er gab ihr Zeit für eine Antwort und hoffte, sie würde sich ihm nicht verweigern.

Doch er wollte sie auch nicht zwingen. So lange hatte er sich eine Sklavin gewünscht, die ihn, Kandor, wollte. Und dann sah er es. Ihr Nicken. Sie sah ihm in die Augen und nickte stärker. Er war erleichtert und glücklich. Er küsste sie.

Dann band er Kara los, kleidete sich an und führte seine nackte Sklavin, aus der sein Samen tropfte, zu dem Platz neben dem Ärztehaus.

Zwei Soldaten, die diesen Platz bewachten, traten an sie heran und fixierten Kara an einem Eisengestell. So eingezwängt, konnte sie sich keinen Zentimeter bewegen.

Kandor trat vor sie. In seiner Hand hielt er ein glühendes Brandeisen. »Mit meinem Zeichen an deiner Schulter wird dich jeder als mein Eigentum anerkennen. Nur, wenn dir dieses Zeichen fehlt, bist du Freiwild für alle, solltest du nicht bei mir sein. Daher erhebe ich vor den Soldaten des Rates hier Anspruch auf dich als meine Sklavin. Trage mein Zeichen in Ehren und benimm dich so, dass du mir keine Schande bereitest«, sagte er.

Dann spürte sie das Eisen auf ihrer Schuler. Sie öffnete ihren Mund zu einem Schrei, der aber nicht kam. Ihr Körper zitterte und ihre Tränen tropften auf ihren Körper, als ihr Kopf nach vorn sank. Als die Soldaten das Gestell öffneten, brach sie zusammen.

Kandor nahm sie auf seine Arme und trug sie in sein Haus.

»Nun bist du für immer an mich gebunden«, flüsterte er ihr zufrieden zu.

Sie hatte die Augen geschossen.

Er lächelte glücklich.

Im Bad versorgte er das Brandmal, kühlte es und linderte die Schmerzen mit einer Salbe. Er brachte einen speziellen Verband an, unter dem die Verbrennung innerhalb weniger Stunden abheilen würde.

Als sie gemeinsam ein bescheidenes Mahl zu sich nahmen, fragte sie mit bebender Stimme: »War das die Strafe für meinen Widerspruch?«

»Nein, ich musste dich kennzeichnen«, erklärte er ihr. »Wie ich schon erwähnt habe, du wärst Freiwild für Männer, die keine Sklavin haben. Das, was ich dir gesagt habe, ist die Wahrheit.«

»Dein Brandzeichen werden sie akzeptieren?«, fragte sie überrascht.

»Wer dagegen verstößt, wird mit dem Tod bestraft.«

»Ihr seid Barbaren.«

»Ach ja? Und der Kommandant, der dich halb erschlagen hat, bevor er dich aufs Ärgste vergewaltigte, was ist der?«, wollte er wissen.

»Ein Schwein«, knurrte sie.

Er erhob sich. »Erwarte mich auf meinem Bett«, sagte er und dieses Mal klang seine Stimme weitaus strenger als sonst.

Sie hob den Blick zu ihm und sah ihn fragend an. Ihr war bewusst, dass er sie sehr gut behandelte. Würde er sein Verhalten ihr gegenüber nun ändern? Sie war zwar schon zwei Monate auf diesem Planeten, aber Kandor und sie kannten einander gerade einmal zwei Tage. Wie würde das Leben an seiner Seite sein?

Kandor las die Unsicherheit in ihren Augen. Ihm war bewusst, dass sie von ihm weg wollte. Wie sollte er sie dazu bewegen, bei ihm zu bleiben? Dabei ging es nicht nur darum, dass er sie als Lustsklavin begehrte. Es war zu ihrem Besten, wenn sie bei ihm blieb. Er würde versuchen, es ihr zu erklären.

Kara atmete tief ein, wandte sich um und ging in sein Schlafzimmer.

In diesem Moment klopfte es. Obwohl Kara weiterging, um dem erhaltenen Befehl Folge zu leisten, hörte sie doch, dass Kandor zu einem Notfall gerufen wurde. Eine Geburt. Die Sklavin eines Soldaten lag in den Wehen.

Kandor drehte sich zu Kara: »Erwarte mich später. Ich komme so schnell es mir möglich ist, wieder.«

In dieser Nacht versuchte sie, aus seinem Haus zu fliehen. Kara wusste, dass eine Geburt länger dauern würde. Babys waren nicht in einer halben Stunde geboren. Und wenn sie da waren, gab es auch noch jede Menge zu tun. Kandor würde ein wenig brauchen, bis er zurückkam. Sie hatte also Zeit, das Dorf, in dem zu leben sie gezwungen war, verlassen zu können. Sie wusste, wie man sich durch die Wildnis schlug und sie konnte in Wäldern überleben. Sie würde es auch hier schaffen. Sie räumte die Kochnische auf, stellte den Rest des Mahls kühl und suchte im Anschluss ein paar Dinge zusammen, die sie brauchen würde. Sie nahm ein relativ langes Messer an sich, eine Decke und ein Metallgefäß, das verschließbar war. Mehr wagte sie nicht, zu entwenden. Sie suchte sich aus Kandors Kleiderschrank eine Tunika und eine weite Hose aus und zog sie sich über.

Auf einen Zettel kritzelte sie eine Notiz. »Vergib mir, Herr. Ich musste es tun. Die Dinge, die ich mitgenommen habe, habe ich mir lediglich ausgeliehen. Ich werde sie zurückbringen. Versprochen.«

Kara löschte das Licht und wartete. Kein Geräusch war zu hören. Als es ganz dunkel geworden war, öffnete sie lautlos die Tür und huschte hinaus. Im Schatten des Hauses verweilte sie. Kein auffälliges Geräusch war zu hören. Sie kannte jedoch nicht die Geräusche dieses Planeten. So verharrte sie bewegungslos und versuchte, sich in die Geräusche hineinzufühlen und sie zu deuten. Das schien ihr nach und nach zu gelingen.

Bis zum Wald waren es einige hundert Meter. Ein Teil des Weges wurde beleuchtet. Aber es war niemand auf den Straßen. Aus einem der Häuser klangen leidenschaftliche Schreie. Eine Sklavin diente wohl gerade äußerst leidenschaftlich ihrem Herrn und wurde benutzt. Das war völlig verrückt hier! Frauen wurden einfach zur Befriedigung der männlichen sexuellen Gelüste benutzt. Kara schüttelte den Kopf. Allerdings kam sie sich von Kandor nicht ausgenutzt vor. Sie musste ihm sogar zugestehen, dass er sie nicht vergewaltigt hatte. Das hatten schon die Männer auf der Erde gemacht. Nein, trotz der Situation hier musste sie sagen, dass Kandor ihr gegenüber fair gewesen war. Bis jetzt. Aber würde es so bleiben?

Ob man ihre Schreie ebenfalls gehört hatte? Sie wurde rot bei dem Gedanken, denn sie war nie leise gewesen, wenn Kandor mit ihr geschlafen hatte. Sie schüttelte den Kopf, um ihre Gedanken zu wechseln. Kandor! Er war gut zu ihr und sie hinterging ihn. Aber sie wollte nicht hier sein. Sie war nicht freiwillig hergekommen und sie wollte nicht geschwängert werden. Sie musste gehen, bevor das der Fall war! Vielleicht konnte sie versteckt im Wald leben.

Alles war weiterhin still um sie – abgesehen vom leidenschaftlichen Treiben eines Soldaten mit seiner Sklavin. Vorsichtig huschte sie in einen Baumschatten und lauschte. Kein Geräusch. Sie eilte zum nächsten Baumschatten und verweilte wieder. Nichts. Alles war ruhig. Sie wurde mutiger, nahm zwei Baumschatten, wartete, lauschte ... Ruhe.

Ein Drittel des Weges hatte sie bereits geschafft. Mit jedem Schritt wurde sie mutiger. Die Schreie der Sklavin wurden leiser. Die Frau hatte nicht verzweifelt geklungen. Eher, als wäre sie in höchster Entzückung. Vielleicht waren diese riesenhaften Soldaten gar nicht so animalisch, wie man ihnen nachsagte? Kandor war es jedenfalls nicht. Kara fand ihren Herrn sehr menschlich.

Sie stöhnte. Vielleicht sollte sie sich das mit der Flucht doch noch einmal überlegen ... Kurz blieb sie stehen und erwog, umzukehren. Nein! Sie hatte vielleicht nur diese eine Chance, von hier wegzukommen! Rasch hastete sie in den nächsten Hausschatten weiter. Sie schlich vorsichtig um die Hausecke und prallte gegen etwas Hartes, was plötzlich vor ihr aufragte.

»Wen haben wir denn da? Eine Sklavin auf der Flucht? Auf frischer Tat ertappt? Das gibt aber eine saftige Strafe!«, hörte sie eine tiefe Stimme über sich.

»Nein«, rief sie. »Lass mich ... Bitte.«

»Doch, Sklavin, das gibt eine Strafe für dich. Du bist Kara, richtig?« Sie wurde gepackt und festgehalten.

»Woher kennst du meinen Namen?«, fragte sie irritiert.

»Ich war dabei, wie dein Herr dir sein Zeichen auf die Schulter gebrannt hat. Ich bin Landor«, knurrte der Soldat.

»Bitte lass mich laufen, bitte. Ich komme nie mehr zurück.« Sie musste es einfach versuchen.

»Ich bin mit einer gehorsamen Sklavin gesegnet. Sie würde niemals weglaufen und mir Schande bereiten. Mach das mit deinem Herrn aus, Sklavin«, antwortete er ruhig. Dann zog er sie mit sich. Kara wehrte sich nicht.

***

Kandor trat vor den Rat. Er wirkte müde.

»Ich bin bereit, meine Sklavin mitzunehmen«, sagte er ruhig.

Sein Blick hatte den ihren gestreift. Beschämt senkte sie ihre Augen.

»Der Rat ist bereit, sie dir noch einmal zu übergeben. Falls sie noch einmal fliehen sollte, wird sie einem Soldaten zugeteilt werden«, sagte ein bärtiger Ratsältester.

»Sie trägt meine Kinder«, sagte Kandor.

»Du kennst die Gesetze, Arzt«, sagte der Ratsherr und gab Landor ein Zeichen.

Dieser zog Kara auf die Beine und schob sie zu Kandor.

»Vergib mir, Herr«, sagte sie leise.

»Hier sind die Dinge, die sie mit sich gehabt hatte«, sagte Landor. Er übergab Kandor das Messer, das verschließbare Gefäß und die Decke.

»Entkleide dich Sklavin und übergib deinem Herrn sein Gewand«, verlangte der Ratsälteste.

Zitternd gehorchte Kara. Kandor nahm alles wortlos entgegen. Dann drehte er sich um und ging nach Hause. Kara folgte ihm wortlos. Sie fühlte sich so elend wie nie zuvor.

Er legte die Dinge, die Kara entwendet hatte, auf den Küchentisch und befahl ihr mit den Augen, in seine Kammer zu gehen.

Sie tat es zitternd.

Als er zu ihr kam, trug er eine Rute bei sich. »Zehn Schläge.«

Sie legte sich auf sein Bett und wartete.

»Zähl mit«, befahl er.

Dann traf sie die Rute auf ihrem Gesäß. Sie weinte, zählte aber mit bis zehn.

»Wirst du noch einmal fliegen?«, fragte er.

»Ja, Herr«, gab sie zu.

»Störrische Eselin«, schrie er sie an. »Geht es dir so schlecht bei mir? Hast du eine Ahnung, was dich erwartet, wenn man dich mir wegnimmt? Du wirst einem der Soldaten zugeteilt werden, die wegen ihrer Rohheit keine Sklavin verdienen. Willst du das?« Mehrmals trafen Schläge seiner Hand ihre wunden Pobacken.

Gequält schrie sie auf.

»Antworte«, verlangte er.

»Nein, Kandor, es geht mir nicht schlecht bei dir«, antwortete sie heulend. »Aber das alles, das will ich nicht. Ich will …« Ein Schluchzen unterbrach sie.

»*Was* willst du?«, rief er aus.

»Nicht hier sein!«

»Daran kann ich nichts ändern. Du bist verurteilt worden, nicht ich«, rief er wütend.

»Es war ein unfaires Verfahren«, gab sie laut zurück.

»Das glaube ich dir. Denn die meisten Frauen, die hierherkommen, verdienen dieses Urteil nicht. Dennoch sind sie hier!«

»Aber ich will nicht bei der Geburt eines Kinders sterben. Ich will nicht, dass du mich befruchtest«, schluchzte sie.

»Du bist bereits von mir geschwängert«, sagte er.

»Oh Gott«, schluchzte sie hemmungslos. »Das hast du also nicht einfach nur gesagt, um mich beim Rat frei zu bekommen?«

»Nein, Kara. In dir wachsen zwei Kinder von mir heran.«

»Dann bin ich verloren.« Sie weinte.

»Nein! Und vergiss nicht, dass ich Arzt bin«, sagte er bestimmt.

»Und vergiss du nicht, dass ich einer anderes Spezies angehöre!«

Er erkannte ihre panische Angst. »Komm«, sagte er ruhig. »Leg dich hierher. Ich erkläre dir einiges über unser Volk, das wird vielleicht deine Angst lindern.«

»Ich habe keine Angst«, gab sie zurück. Sie zitterte am ganzen Körper.

»Natürlich nicht.« Er seufzte innerlich, dann legte er sich neben sie und nahm sie in die Arme. Es tat gut, sie in den

Armen zu halten. Dabei ging es gar nicht in erster Linie um die Stillung seiner Lust, sondern um sein Wohlgefühl. Es tat einfach gut, sie zu halten.

»Die Spezies der Menschen auf der Welt und die Männer dieses Planeten sind sich so ähnlich, dass es möglich ist, dass Frauen von eurem Planeten und Männer dieses Planeten sich paaren können. Die Befruchtungen funktionieren erfreulich oft. Die Geburten sind jedoch schwierig, weil die Kinder sehr rasch wachsen und bei der Geburt bereits sehr groß sind. Aber nach anfänglichen Komplikationen haben wir gelernt, mit diesen Problemen umzugehen. Die letzten Sklavinnen haben fast alle überlebt, wenn sie ihre Kinder geboren haben. Also, was ist dein Problem?«, fragte er sanft.

»Ich habe keine guten Geburtsgene«, sagte sie.

»Was meinst du damit?«

»Meine Mutter starb bei meiner Geburt«, sagte sie kaum hörbar und ihr Zittern verstärkte sich.

»Das sagt nichts über die kommende Geburt unserer Kinder aus«, erwiderte er ruhig.

»Auch meine Großmutter starb bei der Geburt meines Vaters. Ich habe doppelt schlechte Gene.« Ihre Stimme klang gequält.

»Das sagt trotzdem nichts aus, Kara. Die Medizin ist in den letzten Jahren besser geworden. Wir erkennen Probleme, lange bevor sie auftreten. Vertrau mir.« Er sah sie ernst an.

»Aber sicher bist du auch nicht, oder?«

»Nein, Sicherheit gibt es nie.«

Sie weinte wieder und er nahm sie in den Arm. Lange hielt er sie fest. Mit der Zeit begann sie, sich zu beruhigen.

»Möchtest du morgen zu Enza?«, fragte er sie nach einer Weile.

»Du meinst, ich darf Enza und die Kinder besuchen? Obwohl ich ... Das würdest du mir gestatten?« Sie sah ihn verwundert an.

»Ja, wenn du das willst.« Er lächelte sie an.

Kandor verstand Kara. Ihre Karten waren schlecht gemischt. Er selbst fand sie aufregend schön und die Gewissheit, dass sie von ihm schwanger war, bedeutete ihm viel. Sie war sein Besitz. Aber er zwang sich, keine Bindung zu ihr aufzubauen. Warum nur? Rechnete auch er mit einem Problem bei der Geburt? Kandor erlaubte sich nicht, darauf eine Antwort zu geben.

Sanft streichelte er ihre Wangen. Seine Hand glitt zu ihren Brüsten. Die Gier nach ihrem Körper war Tagesthema für ihn. Rasch befreite er sein Glied aus seiner Kleidung. Dann wanderte seine Hand zu ihrer Grotte. Drei Finger tauchten in ihre Nässe ein. Sie öffnete ihre Beine und sah ihm in die Augen.

»Bitte, lass mich vergessen«, flüsterte sie.

»Gern.« Er sah ihr in die Augen, als er sich über sie schob und mit einem harten Stoß in sie eindrang. Sie war eng, aber sie zu penetrieren war leicht. Ihr Körper war bereit für ihn. Kandor ließ sich Zeit. Seine Küsse begleiteten seine heftigen Stöße, ihre keuchenden Laute törnten ihn an. Als er ihre Beine über seine Schultern legte und sich noch tiefer in sie trieb, wimmerte sie und bog sich ihm entgegen.

»Geiles Menschenmädchen«, lobte er sie. Er genoss ihre Fügsamkeit. Ihre Brüste waren bereit für seine Hände. Er zog an ihren Spitzen, leckte sie, biss sanft in ihre empfindlichen Brustwarzen, bis sie den Höhepunkt erreichte. Dann war er nicht zu halten. Sein Rhythmus wurde fordernd. Er fickte sie, als würde er sie auf seiner Matratze festnageln. Und Kara kam erneut.

»Ja, so will ich meine Sklavin«, keuchte er und rammte sich fest in sie.

Er forderte ihre Lust und unterwarf sie einmal mehr seinen Bedürfnissen. Nachdem sie mehrmals gekommen war, drehte er sie auf den Bauch und drang von hinten in sie ein.

Sie fühlte seinen Atem in ihrem Nacken. Seine zärtlichen Worte erregten sie noch mehr als seine Penetration. Sie kam noch einmal und er schenkte ihr seinen Samen, mit dem er ihre Scheide anfüllte. Es war pure Lust, die er hier auslebte – und es war wundervoll, sein Verlangen derart ausüben zu können.

Schwer atmend und erschöpft lag Kara vor ihm und weinte leise. Er verstand ihre Tränen und nahm sie wortlos in seine Arme. Sie drückte ihren Kopf an seine Brust und schluchzte, bis sie einschlief.

Gedankenverloren sah er sie an. Ihre seelische Qual wurde ihm mehr und mehr bewusst. Nur in diesem Fall wusste er kein Heilmittel.

***

Als Kara erwachte, war sie allein. Kandor hatte sicher in der Praxis zu tun. Sie zog sich ein Hemd über und begab sich in die Küche. In ihrem Dilemma wusste sie nicht, wie sie weiter agieren sollte. Sie bereitete das Essen vor und wartete, bis Kandor nach Hause kam.

Er war erstaunt über das unerwartete Mahl und genoss mit ihr das Essen.

»Du solltest mehr essen, Kara«, sagte er, nachdem sie ihren Teller geleert hatte.

»Ich bin nicht mehr hungrig. Das war genug«, meinte sie und wandte sich ab.

»Ich habe mit Enza gesprochen, sie erwartet dich morgen, heute hat sie bereits Besuch. Wir werden zusammen hingehen«, stellte er ihr in Aussicht.

»Danke.« Ihr Blick erhellte sich.

Kandor gab ihr Aufgaben für den Nachmittag, die so lange dauerten, bis er abends wieder zurückkommen würde, um sie von ihren Ängsten abzulenken. Kara musste Kandors Kleidung durcharbeiten, ob etwas zu nähen war. Sie wusch die gesamte Kleidung, trocknete sie hinter dem Haus im Garten und bügelte sie danach. Manche Aufgaben waren denen auf der Erde sehr ähnlich. Das Maß der Arbeit war nicht zu groß. Die Kleidung war einfach und aus ähnlichem Material wie Baumwolle. Sie selbst hatte keine Kleidung und behielt Kandors Hemd in der Zwischenzeit an.

Kara war flink bei der Arbeit. Sie wusch auch die Vorhänge und putze alle Schränke in der Küche. Dann fühlte sie sich müde. Nachdem sie den letzten Vorhang aufgehängt und zugezogen hatte, sank sie neben dem Fenster auf den Boden, um zu verschnaufen. Sie musste eingeschlafen sein, denn als sie erwachte, war es bereits dunkel.

Kandor war noch nicht da.

Sie hatte noch kein Licht angezündet. Gerade, als sie aufstehen wollte, um es zu tun, hörte sie Stimmen vor dem Fenster.

»Wir gehen durch die Hintertür und schleppen sie hinaus. Dann bringen wir sie in unsere Scheune. Dort gehört sie uns«, sagte eine männliche Stimme.

»Aber sie ist doch jetzt nicht abgehauen«, erwiderte ein anderer.

»Das wird ihr aber niemand glauben. Wir sagen, wir haben sie erwischt, als sie getürmt ist«, antwortete der Erste.

Kara zitterte. Sie würde diesen Überfall nicht abwarten. Rasch schlich sie zur Hintertür, um den Riegel vorzuschieben, aber es war zu spät. Sie sah die Silhouetten der Männer bereits vor der Tür. Rasch drehte sie sich um und lief zur Vordertür, rannte um ihr Leben. Sie durchquerte den kleinen Vorgarten, lief im Schutz der Häuser weiter, erreichte wie durch ein Wunder unentdeckt den Rand des Dorfes und hastete hinter die Büsche, die sie am Vortag nicht erreicht hatte. Alles ging unglaublich schnell. Sie warf sich auf den Boden und lauschte. Kein Laut. Ihre Flucht war nicht gemerkt worden.

Nach einigen Minuten änderte sich die Situation. Sie hörte Männer schreien, sah Kandor durch die Straßen eilen.

Kandor! Er würde ihr nicht glauben. Und jetzt war sie für ihn verloren – oder besser, er für sie. Sie unterdrückte ihr Schluchzen und zog sich tiefer in den Wald zurück.

***

»Was macht ihr in meinem Haus?«, knurrte Kandor die drei Soldaten an, die ihm entgegentraten.

»Deine Sklavin ist getürmt«, sagte einer von ihnen.

»Wieso sollte sie das tun?«, fragte Kandor.

»Weil sie es immer wieder machen wird«, lachte der Soldat.

»Und warum bist *du* in meinem Haus?«

»Weil wir sie aufhalten wollten«, sagte der Soldat.

»Aber wenn sie getürmt ist, dann brauchst du nicht in mein Haus einzudringen!«

»Wir haben eben nur noch die Türen zugemacht. Beide Türen standen offen«, erklärte der Mann.

Die beiden anderen nickten.

Kandor sah die Männer an und plötzlich wusste er, dass hier etwas Schlimmes passiert war.

»Würdest du das vor dem Rat bezeugen?«, fragte er kalt.

»Jederzeit«, erklärte sich der Soldat bereit, der Kandors Zorn fühlte und ihn falsch deutete.

»Dann lass uns sofort hingehen«, verlangte Kandor.

Auf dem Weg zum Rat der Weisen traf er Petja, den Freund Landors. Er erzählte ihm kurz die Geschichte und Petja hob eine Braue. Stumm nickte er, als er Kandors Bitte verstanden hatte. Petja eilte sofort nach Hause und holte seine Waffen. Kandor musste die Soldaten dem Rat vorführen, damit sie Kara nicht folgen konnten. Er würde Karas Spur aufnehmen und sie zurückbringen, falls sie noch lebte. Denn im Wald würde die Sklavin allein nicht überleben. Sie kannte die Tiere der Wildnis, die hier lebten, nicht. Wenn sie unbewaffnet war, war sie chancenlos.

Petja ging den Weg zum Ende des dorfähnlich angelegten Camps entlang und nahm den Geruch von Angst wahr. Hier war sie gewesen. Zügig folgte er ihrem Duft. Petja war der beste Spurenleser in der Nacht, und er wusste, wie man sich gegen die wilden Tiere im Wald wehrte.

***

Nicht so Kara, die sich plötzlich katzenähnlichen Wesen gegenüber fand, die riesige Fangzähne besaßen. Erst jetzt fiel ihr ein, dass sie unbewaffnet war.

Die Tiere umringten sie und schlossen den Kreis immer enger um sie. Verzweifelt versuchte Kara, auf einen Baum zu klettern. Da griffen die Tiere an. Der Ast, auf dem Kara hing, brach. Mit ihm versuchte sie sich zu wehren, aber es waren so viele. Schon nach kurzer Zeit blutete sie aus sämtlichen Bisswunden an Armen, Beinen und Rücken. Es würde ihr letzter Kampf sein, erkannte sie. Sie würde Kandor nicht erklären können, was geschehen war. Tränen verschleierten ihren Blick. Aber sie gab nicht auf. Mit dem Ast schlug sie auf das Tier, das sie soeben angriff, ein und traf es auf dem Kopf. Fauchend zog es sich zurück und setzte erneut zum Sprung an.

Genau in diesem Moment fand Petja sie. Er sah, wie sie sich verzweifelt zur Wehr setzte. Petja hatte sein Lasergewehr mit. Wenige Augenblicke nach seinem Eintreffen waren die angreifenden Raubtiere entweder tot oder geflüchtet.

Petja nahm Kara auf seinen Arm. »Keine Angst, Sklavin. Kandor schickt mich, ich bringe dich zu ihm«, sagte er beruhigend.

»Er wird böse sein ... aber ich bin nicht getürmt ... ich bin ...« Kara weinte so heftig, dass sie kaum sprechen konnte.

»Kandor hat mich geschickt, um dich vor Schaden zu bewahren und zurückzubringen. Alles andere kläre mit ihm«, sagte Petja.

Kara zitterte und schluchzte.

Noch bevor Petja das Dorf erreichte, war Kara ohnmächtig geworden. Petja brachte sie sofort zu Kandors Praxis. Dort war der Arzt nicht, also schickte er einen Boten zum Rat der Weisen, um ihn zu holen.

***

Kandor war betroffen von dem Zustand, in dem Kara sich befand. Die Verletzungen waren tiefer, als sie auf den ersten Blick schienen. Sie hatte viel Blut verloren und die Gefahr einer Infektion war groß. Obwohl er sie mit keimabtötenden Medikamenten versorgte, musste er abwarten, wie sie auf die Therapie ansprach und ob die Wunden heilen würden.

Vier volle Tage war Kara bewusstlos. Kandor hatte sie in dieser Zeit mit Infusionen ernährt. Seine Befürchtung, dass sie innerlich verletzt sein könnte, und er das übersehen hatte, war unbegründet gewesen. Die Nähte an ihren Oberschenkeln und an ihrem Rücken würde er schon bald entfernen können, stellte er zufrieden fest. Die Verletzungen an den Armen hatte er geklebt und sie heilten sehr gut.

»Da bist du ja wieder«, sagte er, als er sie wach in ihrem Bett vorfand.

Enza war bei ihr geblieben, während Kandor einen Patienten betreut hatte. Sie hatte sofort nach ihm schicken lassen, als Kara erwacht war.

»Ich ...« Kara starrte ihn nur an.

Er setzte sich an ihr Bett und reichte ihr ein Glas mit einem kühlen Getränk.

»Ich ...« Sie holte tief Luft. »Ich ... ich ... ich wollte nicht ...«, Sie schüttelte verzweifelt den Kopf, denn sie wusste nicht, wie sie Kandor sagen sollte, dass sie nicht von ihm fortgelaufen war. Sie riss sich zusammen und sagte: »Ich bin nicht fortgelaufen. Ich bin nur geflüchtet. Bitte glaub mir.«

»Du musst dennoch vor den Rat«, sagte Kandor.

»Aber, ich will nicht weg«, weinte Kara.

»Ich werde alles tun, um dich zu behalten«, sagte Kandor.

Sie las Ehrlichkeit in seinem Blick.

»Wie lange war ich ...«, begann sie.

»Vier Tage, Kara. Du hast mir wirklich Sorgen bereitet. Dich mit sieben Wandaronen einzulassen, war sehr leichtsinnig.«

Sie nickte.

»Deine Verletzungen waren schlimm. Du brauchst noch Schonung und Pflege«, gab er zu verstehen.

»Bist du mir böse?«, frage sie traurig.

»Nein, Kara. Ich verstehe zwar nicht, dass du davongelaufen bist, aber ich bin nicht böse.« Er war distanziert.

»Die Geschichte ist so verrückt, dass du sie mir nie glauben wirst!«

»Probiere es einfach. Erzähl sie mir«, sagte er ruhig.

»Ich erwarte nicht, dass du die Geschichte glauben wirst, Kandor«, begann sie leise. Sie nannte ihn tatsächlich immer wieder bei seinem Namen. Das war keiner Sklavin gestattet. Er würde sie besser erziehen müssen. Aber vielleicht war sie auch nur so aufgeregt, dass sie daran nicht dachte. Er hörte ihr aufmerksam zu, als sie alles erzählte.

Danach sah Kandor sie ernst an.

»Du glaubst mir nicht«, stellte sie fest, nachdem sie geendet hatte und sie ihm eine Weile in die Augen gesehen hatte. »Die Männer hatten recht. Niemand wird mir glauben.« Sie schloss die Augen, weil sie seinen Blick nicht mehr aushielt.

»Zieh dir ein Hemd an, ich bringe dich sofort zum Rat«, sagte Kandor.

»Aber ...« Ihr Blick war panisch.

»Du kennst das Gesetz schon so weit, dass du weißt, dass der Rat dich verhören wird«, sagte er ruhig.

»Wirst du ... mich begleiten?«, fragte sie.

»Ich werde dich hinbringen, wenn du es möchtest. Aber ich brauche nicht zu bleiben, denn meine Aussage ist bereits aufgenommen.«

»Bitte bleib so lange du darfst. Wenn ich von dir weggenommen werde, dann will ich ...« Tränen liefen über ihr Gesicht.

»Kara ...« Er nahm sie in die Arme. »Keine Angst, ich gebe dich nicht her.«

»Du hast gehört, was der Ratsvorsitzende gesagt hat«, schluchzte sie.

»Ja, aber wenn das stimmt, was du sagst, dann wird der Rat sich nicht gegen uns entscheiden.«

»Aber er wird mir ebenso wenig Glauben schenken wie du.« Sie war verzweifelt.

»Wer sagt, dass ich dir nicht glaube?«, fragte er sie ruhig.

Ihre Augen weiteten sich. »Tust du das denn?«

Er grinste. »Ja, das tue ich. Komm jetzt.« Er hob sie hoch und trug sie ins Erdgeschoß. Dort setzte er sie in einen Rollstuhl.

***

Rasno, das Mitglied des Rates, der ihr bereits bekannt war, erwartete sie zusammen mit anderen Ratsmitgliedern. Anwesend waren auch drei Soldaten, die Kara aber nicht kannte. Petja stand ebenfalls bereit für eine Zeugenaussage.

Als einer der drei Soldaten aufgefordert wurde, berichtete dieser, dass er und seine Freunde Kara dabei ertappt hatten, als sie sich aus dem Haus geschlichen und in Richtung Wald davongemacht hatte. Die drei wollten sie aufhalten, waren ihr gefolgt, hatten sie aber verloren. Die Männer wollten die Flüchtende ihrem Herrn zurückbringen.

Kara sog die Luft ein, als sie an der Stimme erkannte, wer diese Männer waren. Danach berichtete Kara ihre Geschichte, die die Soldaten zum Lächeln brachte.

»Netter Versuch, Sklavin«, sagte der Sprecher der drei.

Rasno trat vor und sah Kara eindringlich in die Augen. »Du bist schon einmal weggelaufen, weshalb sollte es dieses Mal anders gewesen sein?«, fragte er sie.

»Weil ich es nicht gemacht habe! Das erste Mal, ja. Aber beim zweiten Mal wollte ich nicht fliehen. Nur ... als die Männer ins Haus kamen, hatte ich Angst. Ich lief weg, aber nur vor ihnen. Du weißt, was mir auf meinem Planeten geschehen ist. Die Angst, so etwas noch einmal zu erleben, ließ mich panisch werden.« Sie holte tief Luft, wich aber dem forschenden Blick des Ratsherrn nicht aus.

»Dir ist bekannt, welche Strafe dich erwartet, solltest du erneut weglaufen?«, fragte Rasno streng.

Kara nickte und blickte ihm in die Augen.

Bei allen Göttern, es war ihr nicht gestattet, fremden Männern in die Augen zu sehen, dachte Kandor. Wann würde sie das endlich erlernen?

Rasno erwiderte den Blick und sie hielt dem seinen Stand. Sie war eine starke Frau, und wenn sich Rasno in einem Punkt sicher war, dann in diesem: Sie sagte die Wahrheit.

»Gibt es einen Beweis für die Aussage der Sklavin?«, fragte Rasno in die Runde.

»Neihein«, lachte der Soldat, der für alle drei sprach.

Kara fand ihn widerlich.

»Doch«, erwiderte Petja mit ruhiger Stimme.

»Tritt vor«, sagte Rasno.

»Kara war unbewaffnet. Als sie das erste Mal davonlief, hatte sie sich eine Decke, ein Messer und ein Trinkgefäß mitgenommen. Diese Aktion war geplant gewesen. Dieses Mal hatte sie rein gar nichts dabei – nur das Shirt trug sie. Als ich ihr folgte, roch ich panische Angst. Es war leicht, ihrer Spur zu folgen. Also ich glaube ihr, Rasno.« Petja sah auf Kara. »Sie war übel zugerichtet und ich kam keinen Augenblick zu früh. Der Tod war schon nahe. Aber er war abwendbar.«

»Danke«, sagte Kara, die nun zu Petja aufsah.

»Das sind meine Fakten. Das tue ich dir nicht zum Gefallen. Aber: gern geschehen.« Petja lächelte sie an. »Du hast mutig gekämpft, Sklavin. Aufrecht, wie ein Krieger. Aber es war chancenlos ohne Waffe. Ich bin froh, dass ich rechtzeitig gekommen bin. Übrigens: Hüte deinen Blick, Kara.«

Rasch sah sie auf den Boden. Wie sollte sie sich verteidigen, wenn sie niemanden ansehen durfte?

Der Soldat, der sich als Sprecher der Soldatengruppe hervortat, grinste. »Vielleicht hat sie die Dinge im Wald versteckt?«

»Sie mitzunehmen und nicht zu gebrauchen, wenn es zu einem Kampf kommt, scheint mir nicht glaubwürdig«, entgegnete ihm Petja.

»Es fehlt nichts in meinem Haushalt«, ergänzte Kandor.

Es entstand ein kurzes Schweigen, das schwer auf Kara lastete. Immer wieder sah sie zu Kandor.

»Erklär mir doch noch einmal, Soldat«, begann Rasno und wandte sich langsam an die drei Soldaten, »warum du in Kandors Haus gewesen bist.«

»Oh, ich ... die Türen standen offen und wir haben sie geschlossen. Zuerst die Hintertür und dann die Vordertür.« Der Soldat grinste noch immer.

»Ah, und dabei bist du durch das Haus gegangen?«, fragte Rasno.

»Das hab ich euch ja schon gesagt. Genau so war's.« Der Soldat nickte.

»Und wieso habt ihr euch an der Hintertür aufgehalten? Das ist im Gartenbereich Kandors. Und wieso wart ihr überhaupt in Kandors Garten?«, fragte Rasno.

»Wir haben sie türmen sehen«, sagte der Soldat.

»Aber das hättet ihr nicht, wenn ihr nicht unerlaubterweise im Garten gewesen wärt. Und wenn Kara durch die Hintertür weggelaufen ist, warum war dann die Vordertür auch offen?«, fragte Rasno.

»Keine Ahnung«, sagte der Soldat.

Einer der beiden anderen hob die Schultern und ließ sie wieder fallen. Der dritte Soldat starrte mit zusammengepressten Lippen vor sich auf den Boden.

»Warum wart ihr im Garten?«, fragte Rasno noch einmal.

»Wir ... haben sie gehört«, sagte der Soldat.

»Ihr habt irgendwo gehört, dass Kara sich durch die Hintertür aus Kandors Haus schlich?«, fragte Rasno.

»Genau«, gab der Soldat zurück.

»Hört meinen Spruch«, sagte der ältere Mann vom Rat, der allem zugehört hatte. »Zuvor frage ich aber Kandor: Möchtest du die Sklavin behalten?«

»Ja, Mondaro, Kara hat dieses Mal nicht gefehlt und sie hat in großer Angst gehandelt. Ich möchte Kara bei mir behalten«, antwortete Kandor mit ruhiger Stimme.

»Nun, dann hört, was ich sage: Kandor, nimm Kara mit dir. Achte auf sie und hilf ihr, deine Kinder zu tragen und zu gebären. Saldan, dich verurteile ich zu drei Monaten Straflager. Du hast Kara übel mitgespielt. Durch deinen Überfall ist sie geflohen und wurde schwer verletzt. Deine Mittäter können sich jetzt überlegen, ob sie die Wahrheit gestehen oder ob sie dir drei Monate Gesellschaft leisten.«

Saldan brauste auf, doch er wurde von den Wachen zurückgehalten. »Diese kleine Hure lügt«, brüllte er.

»Nein, sie sagt die Wahrheit«, meinte einer der Soldaten, die mitangeklagt waren. »Es war genauso, wie sie es berichtet hat. Wir hatten vor, sie zu überfallen. Es stimmt auch, dass wir sie ...«, weiter kam er nicht.

»Halts Maul, Vandor«, brüllte Saldan und verpasste dem Soldaten einen Fausthieb, dass dieser zurücktaumelte und in die Knie ging.

Vandor rappelte sich auf. »Das hat mir gebührt«, gab er kleinlaut zu. »Aber nur dafür, dass ich bei dieser Schweinerei mitgemacht habe. Wir wollten sie ... gemeinsam benutzen«, gab er zu.

»Idiot«, brüllte Saldan. »Du reitest uns in die Scheiße.«

»Es tut mir leid«, sagte Vandor zu Rasno. »Es tut mir wirklich leid. Dafür gibt es keine Entschuldigung, ich weiß. Und ich nehme die Strafe an.«

»Und was hat du dazu zu sagen?«, fragte der ältere der beiden Ratsmitglieder den dritten Soldaten.

»Ich ... weiß gar nicht, was Saldan eigentlich wollte. Bin nur mitgelaufen«, brummte der Gefragte.

»Dann läufst du jetzt auch mit Saldan ins Straflager«, sagte Rasno ungerührt. »Führt sie ab. Aber verlegt Vandor in eine eigene Zelle.«

Saldan schimpfte laut, doch er wurde abgeführt.

»Kandor«, sagte Vandor, bevor er weggebracht wurde: »Es tut mir leid. Ich bereue, was ich getan habe.«

Kandor nickte stumm. Er kannte Vandor. Warum er bei dieser Sache mitgemacht hatte, war ihm ein Rätsel. Nachdenklich sah er den drei Soldaten nach, die abgeführt wurden.

Kara blickte auf Kandor. »Ich darf wirklich bei dir bleiben?«, fragte sie ungläubig.

»Ja, aber es gibt kein Weglaufen mehr, Sklavin«, sagte er streng.

»Ja, Herr.«

»Ich möchte hier und jetzt dein Wort drauf!«

»Du hast mein Wort. Ich werde nicht mehr weglaufen!«

»Vor Zeugen hast du es mir versprochen«, machte ihr Kandor bewusst.

»Es hätte ebensolche Gültigkeit, hätte ich es dir allein gesagt, Herr.«

Rasno grinste. »Es geht ihr tatsächlich besser, Kandor«, sagte er. »Das ist wirklich erfreulich.«

»Komm, Kara«, sagte Kandor. »Ich bringe dich nach Hause.«

***

Kara war wie ausgewechselt. Seit diesem Tag schien sie sich ihrem Schicksal zu fügen. Sie nahm die Therapie Kandors an, ohne zu widersprechen, und ihr Zustand wurde tatsächlich täglich besser. Kandor war zufrieden.

***

In der vierten Nacht nach dem Beschluss des Rates, schlüpfte sie in das Bett ihres Herrn.

»Was tust du hier?«, fragte er verschlafen.

»Ich ... ich wollte dir sagen, dass ich wieder ... wohlauf bin. Wenn du also möchtest ...« Sie sah ihn unsicher an.

»Das ist keine gute Idee«, knurrte er.

Sie streichelte stumm über seine Brust. »Ich will mich nicht aufdrängen, aber für den Fall, dass du auch willst ...«

»Ob ich will?« Er verdrehte die Augen. »Die Frage ist nicht, ob ich will, Kara. Die Frage ist, ob ich schon nach drei Stunden aufhören kann.«

»Wir werden es nicht erfahren, wenn wir es nicht ausprobieren«, antwortete sie frech grinsend.

»Ich werde dir als Erstes den Hintern versohlen, bis deine Spalte überläuft. Dann werde ich dir zum ersten Mal dein kleines Löchlein dehnen und dir einen Analstöpsel verpassen, der dir elektrische Impulse geben und dich bis zum Wahnsinn erregen wird. Dann werde ich deine langen Beine über deinen Kopf an mein Bett anketten und deine Spalte lecken, bis du weinst und mich anflehst, meinen Schwanz in dich zu stoßen. Dann werde ich deine Nippel mit Klemmen quälen, bis sie dunkelrot leuchten. Und wenn du glaubst, du kannst keine weiteren Orgasmen mehr haben, dann, meine liebe Sklavin, dann werde ich dich bis zur Besinnungslosigkeit ficken. Für all das sind drei Stunden viel zu kurz, findest du nicht?« Er zog sie an sich.

Sie starrte ihn an und er fühlte, dass ihr Puls raste.

»Das klingt irgendwie nach einem guten Plan«, hauchte sie endlich.

Er setzte sich neben ihr auf und sah sie ernst an. »Womit werde ich nur anfangen?«, stellte er die rhetorische Frage an sich selbst.

»Du wolltest mir den Hintern versohlen. Fünfundzwanzig Schläge, sagtest du.«

»Sagte ich das?«

Kara nickte.

»Dann werden wir mal sehen, was ich denke«, grinste er und warf sie über seine Knie. Vierzig Mal schlug seine Hand auf ihren gerundeten Hintern. Er leuchtete dunkelrot, als Kandor sie endlich an das Bett kettete. Ihre Spalte und ihr kleines Löchlein lagen vor ihm. Als er den Analplug einsetzte, wimmerte sie.

»Ist er zu groß?«, fragte er scheinheilig. »Wie willst du mich je dort aufnehmen können, wenn wir da nicht üben?«

Und dann kam der erste Stromstoß. Kara schrie vor Überraschung auf. Eine derartige Reizüberflutung war ihr bis zu diesem Moment unbekannt gewesen. Zuckend hing sie in den Fesseln.

Kandor quälte sie gekonnt. Aber als er ihre Spalte zu kosten begann, war es um Karas Beherrschung geschehen. Mit seinen Fingern reizte er sie. Oh, er wusste, wie und wo er sie berühren musste, und seine Zunge war gnadenlos. Zuckend und schluchzend lag sie vor ihm und er nahm sich, was er wollte. Als sie wimmernd um Erlösung bat, setzte er die Brustklemmen an und fickte sie. Kara taumelte von einem Orgasmus zum nächsten. Ganz rammte er sich in sie und genoss nicht nur ihr Löchlein, sondern auch ihre Zuckungen nach jedem Stromstoß, den er ihr verpasste. Diese Sklavin war so wunderbar geil. Im Stillen dankte er den Göttern, dass sie zu ihm gekommen war. Lange vergnügte er sich, ehe er ihren Schoß erneut mit seinem Samen ausfüllte.

Endlich ließ er von ihr ab. Sie lag sie kraftlos auf seinem Bett. Die Abnahme der Brustklemmen belebte sie allerdings. Er befreite sie von der Fesselung. Sie stöhnte auf, als sie sich langsam ausstreckte, und fühlte sich ganz steif. Also half er ihr, sich auf die Knie zu rollen und hob ihr Becken an.

»Knie dich vor mich«, keuchte er, als er in sie eindrang. Sein Hunger war bestenfalls geweckt, keinesfalls aber gestillt.

Als sie erschöpft nebeneinander lagen, drehte sich Kara zu Kandor. »Danke, Herr, dass du mich nicht weggeschickt hast«, flüsterte sie.

»Es war dieses Mal nicht dein Vergehen, Sklavin«, sagte Kandor.

»Danke, dass du mir geglaubt hast.«

»Wir wussten gleich, dass etwas nicht stimmte. Daher habe ich dir Petja geschickt.«

»Danke auch für Petja«, flüsterte sie und küsste ihn zärtlich auf die Lippen. Dieser Kuss war kurz, wie ein Hauch.

»Denkst du, es geht den Babys gut?«, fragte sie nach einer Weile und kam zu einem weiteren Punkt ihrer Sorgen.

»Ja«, sagte er. »Ich habe dich mehrmals untersucht, seit du zurückgekommen bist. Auch heute, wie du ja weißt. Es ist alles in Ordnung. Keine Angst.«

»Danke.« Sie hauchte einen Kuss auf seine Hand.

Er betrachtete sie aufmerksam. Ihre Haare waren mittlerweile struppig und etwa zehn Zentimeter lang. Das machte ihr Gesicht weicher und noch schöner. Ihre großen Augen strahlten ihn an. »Vielleicht ... schaffe ich es ja doch.«

»Was?«, fragte er.

»Die beiden Kinder zur Welt zu bringen und selbst zu überleben.«

»Ja, du wirst es schaffen, meine zwei Kinder zur Welt zu bringen«, stellte er fest. »Lass die Angst nicht zu, Kara.«

»Ich bemühe mich ja, aber ich habe trotzdem Angst.«

»Du bist nicht allein. Ich bin bei dir«, sagte er und zog sie an sich.

Allmählich schien sie sich zu beruhigen. Ihr Atem wurde wieder normal und die angespannten Muskeln lockerten sich.

Als er dachte, sie würde schlafen, stellte sie eine Frage: »Kandor, darf ich dir morgen in der Praxis helfen?«

»Wieso willst du das?«

»Da gibt es einige Gründe. Zum einen wäre ich nicht allein in diesem Haus, denn davor hab ich jetzt ein wenig Angst, und zum anderen bin ich bei dir. Falls was mit der Schwangerschaft nicht stimmen würde, könntest du gleich etwas tun, um unseren Kindern zu helfen.« Sie sah ihn an und überlegte, bevor sie weitersprach: »Und außerdem, kann ich dir helfen, Herr.«

»Das Helfen wird schwierig werden«, sagte er.

»Aber ich bin Krankenschwester.«

Er hob eine Augenbraue und starrte sie an. »Das hast du noch nie erwähnt. Wann genau wolltest du mir das denn sagen?«

Er dachte nach. Es stand nichts über ihre genaue Herkunft oder über ihr Tätigkeitsfeld in ihren Akten. Er hatte die Akten von vorn nach hinten und von hinten nach vorn gelesen. DAS wäre ihm mit Sicherheit aufgefallen.

»Irgendwie hab ich nicht daran gedacht … Aber jetzt!«

»Einverstanden. Dann wollen wir morgen gemeinsam die Arbeit in der Praxis bewältigen. Ich hätte dich auch gern bei mir.« Er lächelte.

»Danke«, hauchte sie.

»Wo genau hast du gearbeitet?«, fragte er.

»Im ambulanten Bereich«, antwortete Kara.

Er nickte zufrieden. Das waren hervorragende Neuigkeiten. Dann schüttelte er ungläubig den Kopf und sagte: »Und das fandst du nicht bedeutungsvoll genug, um es mir zu sagen?«

»Wie du weißt, stand ich bei meiner Ankunft ein wenig unter Stress«, erinnerte sie ihn grinsend.

»Du solltest mir mehr über dich erzählen, Kara. Ich möchte mehr von dir wissen. Nicht nur, ob du meinen sexuellen Neigungen entsprichst oder ob du von mir schwanger werden kannst«, flüsterte er und küsste sie auf die Stirn.

Sie nickte.

In diesem Moment schlug ein Gerät an, das er in seiner Hose trug.

»Oh, ich muss in die Ordination«, sagte er und sprang aus dem Bett.

»Nimm mich mit«, bat Kara. »Vielleicht kann ich dir helfen?«

»Reinige dich«, befahl er schroff. So würde er sie auf keinen Fall mitnehmen können.

Kara duschte in Rekordzeit.

Als sie zur Eingangstür kam, reichte Kandor ihr eine Tunika.

»Gut, dann komm«, sagte er, nachdem sie die Tunika über ihren Körper gestreift hatte.

Zusammen liefen sie zur nahen Praxis.

***

Kandor erkannte den Mann, der auf der Liege in seiner Ordination lag, nicht sofort. Ein Messer ragte aus dem Bauch des Mannes.

»Er wurde zusammengeschlagen. Es war ein Angriff aus dem Hinterhalt. Es kam zu einer Rauferei. Als er sich wehrte und die Oberhand über seinen Angreifer bekam, rammte ihm dieser ein Messer in den Bauch«, erzählte der Soldat, der den Verletzten gebracht hatte.

»Wo war das?«, fragte Kandor.

»Im Gefängnis.«

Kara stöhnte, als sie Vandor erkannte.

»Was hast du?« Kandor sah sie überrascht an.

»Das war Saldan, nicht wahr?«, fragte sie den Verletzten.

Kandor sah in das Gesicht des Verletzten und erkannte nun ebenfalls Vandor.

»Sklavin, der OP ist hinter der zweiten Tür rechts von hier. Geh und richte alles her«, befahl er mit eisiger Stimme.

Kara gehorchte. Sie eilte in den OP und suchte die Instrumentenkassetten zusammen, von denen sie dachte, dass sie gebraucht werden würden.

Kurze Zeit später wurde der Verletzte in den OP gebracht. Kandor überprüfte, was Kara hergerichtet hatte. Er nickte zufrieden. »Die erforderlichen Nähte findest du in der dritten Lade unter dem Glasschrank.« Er nannte Nadelstärke und Faden.

Kara holte das Gewünschte.

Es kamen noch zwei Soldaten herein.

»Reinigt euch«, wies Kandor sie an. »Ihr werdet mir assistieren, denn allein kann ich diese Operation nicht durchführen. Du, Kara, wirst mir alles zureichen.«

Sie nickte.

Das Gewand des Verletzten war bereits vom Körper des Verwundeten geschnitten worden. Nun lag er mit einem Leinentuch bedeckt auf dem OP-Tisch, auf den ihn die Soldaten noch gelegt hatten, bevor sie sich für die OP vorbereiteten.

Kara reinigte das Hautareal, in dem sie das Operationsfeld vermutete, großflächig mit Desinfektionsmittel.

»Du wirst ihm nun diese Injektion geben«, ordnete Kandor an und zeigte auf eine mit Flüssigkeit gefüllte Spritze.

»Was ist das?«, fragte sie.

»Du sollst hier nicht fragen, sondern arbeiten«, knurrte einer der beiden Soldaten, die Kandor assistieren würden.

»Kandor«, sagte Kara leise, »ich muss wissen, welche Lösung das ist. Wie soll ich sonst erkennen, auf welche Reaktionen ich achten muss?«

»Du wirst es Vandor in die Vene injizieren und auf seine Atmung achten«, verlangte Kandor mit ruhiger Stimme.

Sie sah ihm in die Augen. Kandor trug, wie alle hier, eine OP-Maske. Er wirkte angespannt.

Kara nickte und injizierte die Lösung. Sie erkannte die Anspannung des verletzten Mannes. Offensichtlich fühlte er sich unwohl.

»Es wird wieder gut, Vandor«, sagte sie leise.

Der Verwundete schüttelte leicht den Kopf. »Du darfst nicht mit ...« Seine Stimme war schwach.

Kara schüttelte den Kopf und legte Elektroden an und verband sie mit dem Überwachungsgerät. Rasch kontrollierte sie den Puls des Patienten und danach den Blutdruck.

»Puls 98, Blutdruck 110 zu 45, Herr«, sagte sie laut. »Vandor ist bei Bewusstsein, seine Atmung ist normal. Der Puls ist gut tastbar.«

Kandor nickte.

Sie half den Männern in die OP-Mäntel und reichte Kandor die sterilen Handschuhe. Mit klaren Worten erklärte sie den Männern, wie sie die Handschuhe anziehen mussten, um sie keimfrei zu halten.

»Du kannst uns nicht Anweisungen geben«, knurrte ein Soldat. »Du bist hier Sklavin.«

Kara blickte hilfesuchen nach Kandor.

»Er hat recht, Kara«, sagte Kandor.

»Verdammt, so kann ich nicht arbeiten«, schimpfte Kara und stampfte mit dem Fuß auf. »Sag mir nicht, wann ich welche Informationen weitergeben soll. Ich habe weder ein Interesse an einem dieser Soldaten noch an Vandor. Und bei Letzterem weißt du ganz genau, warum. Ich erkenne dich bedingungslos als meinen Herrn an, Kandor. Aber wenn ich dir hier helfen soll, dann musst du mir meine Kompetenzen erlauben.«

Kandor schwieg und sah sie nachdenklich an. Als sie schon glaubte, er würde sie aus dem OP schicken, begann er zu sprechen. »Kara, ich befehle dir, uns hier nach deinem Wissen zu unterstützen. Ich möchte, dass du so arbeitest, wie du es gewohnt bist. Wenn du es für notwendig erachtest, dass du an jemanden hier Fragen stellst, dann sollst du sie stellen. Wenn du mir Informationen ungefragt geben willst, dann gib sie mir. Hier in diesem Operationssaal sind die Regeln, die außerhalb dieser Tür gelten, nicht gültig. Niemand wird sich daran stoßen, wenn du das Wort an ihn richtest.« Er sah in die Runde. »Ich habe Kara mitgenommen, weil sie entsprechend ausgebildet ist, hier zu arbeiten. Ich übernehme die Verantwortung für ihre Arbeit.«

Die Soldaten nickten.

»Danke, Kandor«, sagte sie. Sie öffnete die Instrumentenboxen und schob sie zu einem Tisch.

Kandor legte auf einem verschiebbaren Tischchen ein keimfreies Tuch. Darauf breitete er die Operationsinstrumente aus, die er voraussichtlich brauchen würde.

Kara richtete in der Zwischenzeit das OP-Licht auf die Operationsstelle, aus der noch immer das Messer ragte.

Kandor deckte den Patienten mit Tüchern ab und die Soldaten nahmen ihre Position ein. Offensichtlich hatten sie Kandor schon vorher bei Operationen geholfen.

»Vitalfunktionen gleichbleibend«, hörte Kandor die Stimme Karas. Irgendwie beruhigte es ihn, dass sie da war und darauf achtete, wie es dem Patienten ging, während er sich um die Operation kümmerte.

Kandor begann und entfernte geschickt das Messer, das tatsächlich eine Baucharterie geritzt hatte. Nur, weil es nicht entfernt worden war, war Vandor nicht verblutet. Karas Hilfe als Zubringerin war unendlich wertvoll. Zusätzlich überwachte sie Vandor, der die Operation bei Bewusstsein miterlebte. Aber Schmerzmedikamente wurden hier selten gebraucht, denn die Soldaten konnten mit Schmerzen sehr gut umgehen. Dennoch hatte Kandor dem Patienten ein Schmerzmittel gegeben. Und ein Antibiotikum. Denn eine Wundinfektion war bei dieser Verletzung sehr wahrscheinlich.

»Wie geht es dir, Vandor?«, fragte Kara den Patienten.

»Ich bin froh, dass Kandor mich operiert«, sagte er leise.

»Weshalb sollte er es nicht tun?«, fragte sie überrascht.

»Kara, schweig«, knurrte Kandor.

Verwundert sah sie zu ihm, der sich aber sofort wieder auf seine Arbeit konzentrierte.

»Du wirst sehen, es wird alles gut«, flüsterte Kara Vandor zu. Schuldbewusst zog sie die Schultern ein, als sie Kandors Blick spürte.

»Blutdruck und Puls in Ordnung«, sagte sie rasch.

Gerade als Kandor ihr den Befehl geben wollte, sich von Vandor zu entfernen, klopfte es an der Tür. Sie wurde geöffnet und ein Riese stand da.

»Kandor, es ist soweit«, sagte er.

»Bei allen Göttern«, stöhnte Kandor. »Hast du sie gedehnt?«

»Wie immer«, sagte der Riese.

Vom Gang her war ein schmerzliches Stöhnen zu hören.

»Kara«, fragte Kandor seine Sklavin. »Warst du schon einmal dabei, wenn ein Baby entbunden wurde?« Er wusste um ihre Angst, aber er konnte hier nicht weg und das war dringend. Die Frau, die entbunden werden musste, war seit Jahren die Sklavin dieses Riesen. Sie hatte ihm bereits sechs Kinder geschenkt und nun lag sie in den Wehen, um ihr siebendes Kind zur Welt zu bringen. Die Sklavin diente ihrem Herrn hervorragend. Er war einer der Offiziere und seiner Sklavin gegenüber übermäßig streng. Er duldete nicht, dass sie ihre Schmerzen zeigte. Vor jeder Geburt dehnte er ihre Scheide mit seinen Händen. Das führte dazu, dass die Geburt sehr rasch ging. Die Sklavin Vela ertrug diese Pein immer heldenhaft. Wenn sie jetzt stöhnte, dann hieß das, dass die Geburt bereits im Gange war.

»Xoledor, meine Sklavin ist Krankenschwester. Ich vertraue ihr darin, Patienten zu versorgen. Sie wird deine Sklavin aufnehmen und sie betreuen, bis ich von hier weg kann. Sie hat meine Erlaubnis, das Wort sowohl an deine Sklavin als auch an dich zu richten, solange ich nicht bei dir bin. Deine Frau ist in besten Händen, wenn Kara ihr hilft.« Zu Kara sagte er leise: »Arbeite rasch. Ich fürchte, das Kind wird in der nächsten halben Stunde geboren werden. Bist du der Aufgabe gewachsen?«

Sie atmete hörbar ein, nickte aber.

Rasch verließ sie den Operationssaal und fand auf dem Gang Vela, und half ihr, in den zweiten Ordinationsraum zu gehen. Dort legte sie Vela auf einen breiten Untersuchungstisch – den Gyn-Untersuchungstisch mied sie.

»Meine Sklavin hat alle Kinder hier geboren«, knurrte der Riese und zeigte auf den gynäkologischen Untersuchungstisch.

Kara sah den Riesen nicht an, als sie antwortete: »Ich bin zu klein dazu, um deine Sklavin dort zu entbinden. Daher bitte ich dich um Nachsicht, wenn ich die Geburt hier begleite. Sollte mein Herr rechtzeitig kommen, können wir gern den Tisch wechseln.« Ihre Stimme bebte – aber nicht vor Angst, sondern sie war wütend, dass eine Sklavin bei der Geburt derartig behandelt wurde.

Das leise Stöhnen Velas lenkte Karas Aufmerksamkeit auf sie und so horchte Kara die Herztöne des Kindes ab. Es waren zwei Kinder! Ob es der Riese wusste?

»Deine Kinder sind wohlauf, Vela«, sagte Kara leise. »Erlaube mir, dass ich dich untersuche, um zu sehen, wie weit die Geburt vorangeschritten ist. Wie rasch kommen die Wehen?«

»Die Wehen sind permanent«, sagte die Sklavin und öffnete die Schenkel, um Kara die Untersuchung durchführen zu lassen.

Kara zeigte nicht, wie sehr sie diese Nachricht beunruhigte. Sie untersuchte Vela und stellte fest, dass der Muttermund geöffnet war.

»Sie ist gedehnt«, informierte Xoledor sie.

»Was meinst du damit, Herr?«, fragte Kara, ohne ihn anzusehen.

»Ihre Scheide wurde von mir gedehnt. Sie hat meine beiden Hände aufgenommen.«

Kara hob nun doch den Blick und starrte erst den Riesen, dann seine Hände an. Das war unmöglich. Das würde diese Frau umbringen. Sie wandte sich wieder der werdenden Mutter zu. »Hast du den Drang, zu pressen?«, fragte Kara sie und zwang sich zur Ruhe.

»Ja.«

»Gut«, sagte Kara ruhig und holte Tücher. Als sie zurück war, sagte sie: »Vela, du hast bereits mehrmals entbunden. Es ist nicht neu für dich. Wenn die nächste Wehe kommt, dann zieh die Beine an und presse mit aller Kraft.«

»Wieso sagtest du, dass es *den* Kindern gut gehe?«, fragte der Riese.

»Ich habe die Herztöne von zwei Kindern gehört«, antwortete Kara.

Xoledor, der seine Sklavin während der Schwangerschaft nicht zu Kandor gebracht hatte, knurrte Kara an. »Sie taugt nicht für Mehrlingsschwangerschaften. Schon sechs Schwangerschaften lang hat sie mir nur ein Kind zur Welt gebracht. Und du willst mir erzählen, dass sie dieses Mal zwei Kinder trägt? Sklavin, hüte deine Zunge!«

»Ich antworte dir gern später, Herr. Jetzt nimmt deine Frau meine Aufmerksamkeit für sich in Anspruch. Darf ich dich bitten, dich hinter sie zu setzen und ihr den Rücken zu stärken. Sie braucht dich jetzt«, sagte Kara und sah zu, wie Vela mit aller Kraft zu pressen begann.

»Du wagst es, mir einen Befehl zu geben?!«, schrie Xoledor.

»Nein, Herr, das würde ich niemals wagen. Ich habe dich um etwas gebeten, was deiner Sklavin helfen könnte, damit sie auch diese Geburt schadlos übersteht«, antwortete Kara und konzentrierte sich auf Vela. Sie unterstützte die Sklavin, als das Köpfchen des Kindes erschien.

»Gleich hast du es geschafft, Vela«, sagte sie sanft. »Du bist sehr stark. Einmal noch, dann ist das Köpfchen geboren.«

Vela wartete, bis die nächste Wehe kam und presste mit aller Kraft. Das Köpfchen wurde geboren, und gleich darauf lag das Kind zwischen ihren Beinen.

»Ein Junge«, sagte Kara und lächelte Vela an. »Herzlichen Glückwunsch!«

Xoledor nahm das Kind und küsste es auf die Stirn.

»Ich nehme das Kind an«, sagte er mit feierlicher Stimme.

»Danke, Herr«, hauchte Vela.

Es dauerte noch genau zwanzig Minuten, bis auch das zweite Kind geboren war.

»Ein Mädchen«, lachte Kara und legte das merklich kleinere Kind in die Arme der Mutter. »Herzlichen Glückwunsch. Und so ein schönes Wesen noch dazu. Sie ist zum Verlieben!«

»Eine Tochter?«, Xoledor sah Vela verblüfft an.

Vela zögerte fast unmerklich, aber sie reichte auch dieses Kind ihrem Herrn. Er nahm es, betrachtete es lange. Dann sah er auf Vela, die zu zittern begann.

»Bis jetzt ist es nur ein einziges Mal vorgekommen, dass eine Sklavin eine Tochter geboren hat. Nun gibst du mir eine Tochter, Sklavin, mir, dem Anführer der Soldaten. Sie gleicht ihrer Mutter an Schönheit. Du hast mich heute Nacht reich beschenkt«, sagte er ehrfürchtig und küsste das Kind auf die Stirn. Dann legte er es in die Hände der Mutter zurück.

»Danke, Herr«, flüsterte Vela.

Kara nahm das Kind, wusch es und wickelte es in vorgewärmte Tücher.

Es war still im Raum und Kara hing ihren Gedanken nach.

Sie erkannte mehrere wesentliche Wahrheiten:

Es gab Frauen, die eine Geburt problemlos durchstehen konnten, und auch das Baby konnte überleben.

Die zweite Tatsache war, dass die Sklavin während der ganzen Zeit von ihrem Herrn Xoledor begleitet worden war. Dieser Herr sah unnahbar und abweisend aus. Er sprach kaum ein Wort, aber er war ganz bei seiner Sklavin und unterstützte sie bei der Geburt. Auch wenn das auf den ersten Blick nicht erkennbar war. Xoledor half seiner Sklavin allein durch seine Anwesenheit. Zwar war er ein strenger Herr, aber er war seiner Sklavin sehr zugetan. Xoledor beugte sich zu Vela und küsste sie auf die Stirn.

»Erneut hast du mich zum Vater gemacht und mir einen gesunden Sohn und eine wunderschöne Tochter geschenkt. Ich habe deinen Schmerz gefühlt, den du tapfer ertragen hast. Sei dir meines Stolzes gewiss, Sklavin«, sagte er.

Als Kandor endlich zu Vela kam, war diese von Kara bereits versorgt. Kara überreicht ihm eine Notiz, auf der er alle Informationen fand, die er brauchte. Als er las, dass es ein zweites Kind gab und dieses ein Mädchen war, schaute er überrascht auf. »Wirklich ein Mädchen? Das ist ja eine freudige Überraschung!« Er nickte Vela zu und gab ihr ein Zeichen, sie untersuchen zu wollen. Er tat es und sagte danach: »Komm in zwei Tagen zur Kontrolle. Wenn du dich dazu nicht in der Lage fühlst, dann ruf mich.«

Vela nickte zum Zeichen, dass sie ihn verstanden hatte. Das Wort wagte sie nicht an ihn zu richten.

Zu Xoledor sagte Kandor: »Ich gratuliere dir zu deinem siebenten Sohn und zu deiner Tochter. Die Götter haben die Kinder und deine Sklavin beschützt, dass diese Geburt so gut verlaufen konnte. Du weißt, dass das ein großer Segen ist.«

Xoledor nickte. »Ich weiß um mein Glück. Meine Sklavin dient mir mit großem Eifer und sie wünscht sich, mir Freude zu machen. Was ihr wiederholt gelungen ist.« Er sah auf Vela und lächelte sie an.

Kara war gerührt. Wie dieses Lächeln diesen großen, ernsten Krieger veränderte ... Er sah einfach umwerfend aus. Und Vela blühte regelrecht auf, als sie sein Lächeln wahrnahm.

Kandor legte eine Hand auf Xoledors Unterarm, der seiner Sklavin gerade vom Entbindungsbett helfen wollte.

»Vergiss nicht: keine Klemmen während der Zeit des Stillens an ihren Brüsten, mein Freund. Keine Hiebe, egal womit, auf ihre Brüste«, erinnerte er.

Der Riese nickte. »Ich kenne die Regeln, Kandor.«

»Außerdem sollte sie noch nicht selbst laufen.«

»Sie wird neben mir gehen. Ich werde die Kinder tragen«, bestimmte Xoledor.

»Aber sie ist noch von der Geburt geschwächt«, wandte Kandor ein.

»Meine Sklavin ist nicht schwach.«

»Sie hat bei der Geburt viel Blut verloren«, gab nun Kara zu bedenken.

»Deine Sklavin wagt es, mich in deiner Anwesenheit anzusprechen oder gar meine Entscheidung in Frage zu stellen?«, knurrte Xoledor.

»Meine Sklavin hat diese Information nur mir gegeben. Sie hat ein sehr gutes Benehmen und noch eine viel bessere Kenntnis darin, Frauen durch eine Geburt zu begleiten«, erinnerte Kandor den mächtigen Mann.

»Sie hat gut gearbeitet«, gestand Xoledor Kandors Sklavin zu. »Aber die Information, die für dich bestimmt gewesen war, hätte auch an mich gerichtet sein können.«

Kara hatte das Wort sehr wohl an Xoledor gerichtet gehabt. Sie fand diesen aufgeblasenen Gockel unerträglich. Aber sie senkte den Blick, dass niemand ihren Ärger sehen konnte.

Kandor spürte ihn aber.

»Kara, geh und sieh nach dem operierten Patienten«, befahl er ihr, ohne den Blick von Xoledor zu nehmen. »Ich werde Vela zu Xoledors Haus bringen.«

Kara wandte sich um und ging in den Raum, in dem sie Vandor vermutete. Mit geübten Griffen kontrollierte Kara den Zustand des Frischoperierten. Er beobachtete sie dabei schweigend.

»Wie geht es dir jetzt, Vandor?«, wollte Kara wissen.

»Gut. Aber du darfst nicht mit mir reden. Du weißt, es ist unser Gesetz und es hat große Bedeutung«, machte er sie darauf aufmerksam.

»Wenn ich nicht mit dir rede, dann kann ich meine Arbeit nicht machen«, antwortete Kara.

»Du musst erst deinen Herrn fragen.«

»Vandor, ich spreche dich nicht an, sondern ich erfrage Informationen. Ich will mich dir nicht anbieten, sondern sehen, dass es dir gutgeht. Es ist völlig verrückt zu denken, dass ich mich dir anbiete, nur weil ich dich frage, ob du Schmerzen hast. Vielleicht solltet ihr euch mal überlegen, ob ihr da nicht etwas falsch versteht?«

»Kara, warum habt ihr beide mir geholfen? Ich meine, Kandor und du? Ihr hattet keinen Grund, es zu tun«, fragte Vandor nach einer Weile.

»Warum sollten wir es nicht tun? Du warst verletzt.«

»Ich habe dir übel mitgespielt«, meinte er.

»Ja«, nickte sie, »das hast du allerdings.«

Kara merkte nicht, das Kandor längst im Raum stand und das Gespräch mithörte.

»Ich hätte eher erwartet, von euch noch ein Messer in den Bauch gerammt zu bekommen. Nicht aber mit eurer Hilfe«, gab Vandor zu.

»Eigentlich müsstest du das mit meinem Herrn besprechen«, sagte Kara und fühlte den Puls. »Und außerdem solltest du dich jetzt auch nicht aufregen, denn dein Puls ist über hundert.«

»Es tut mir leid, Kara.«

Sie nickte. »Es war Saldan, nicht wahr?«

»Ja.«

»Du solltest dir andere Freunde suchen, Vandor.«

Er nickte. Dann sagte er: »Ich muss jetzt aufstehen«, und richtete sich auf.

»Nein, bleib liegen.«

»Aber ich muss mich erleichtern.«

»Ich könnte dir ...«, weiter kam Kara nicht.

»Vandor kann aufstehen«, sagte Kandor hinter ihr. »Es besteht keine Notwendigkeit, ihn zu verwöhnen, Sklavin.«

Kara drehte sich langsam um. Hörte sie da Ärger in Kandors Stimme?

»Mein Herr hat mir keine Anweisungen diesbezüglich gegeben«, sagte sie leise.

»Geh und reinige den anderen Raum, Kara«, sagte Kandor etwas sanfter. »Vandor und ich haben etwas zu besprechen.«

Kara nickte und kehrte in den Raum zurück, in dem sie die Kinder entbunden hatte. Sie reinigte den Raum und als sie fertig war, setzte sie sich auf einen Stuhl und wartete.

***

Als Kandor den Raum betrat, fand er seine Sklavin auf einem Stuhl schlafend vor.

»Kara«, sagte er und weckte sie. »Es gibt hier in diesem Haus ein Dienstzimmer, in dem ich schlafe, wenn Patienten über Nacht bleiben. Du kannst dich dorthin zurückziehen.«

»Und wo schläfst du?«, fragte sie müde.

»Bei dir. Es ist gut, dass wir beide da sind.« Er zog sie mit sich in einen kleinen Raum, in dem ein großes Bett stand. Nur wenige Augenblicke später lagen beide darin. Kara schlief sofort wieder ein. Kandor nickte. Er würde ihr am kommenden Tag sagen, wie stolz er auf sie war.

***

Auch am nächsten Tag ging Kara ihrem Herrn geschickt zur Hand. Vandor wurde abgeholt und zurück ins Gefängnis gebracht.

Kandor erklärte ihr, dass der Körper dieser Soldaten eine besondere Selbstheilungsfunktion besaß. Vandor war tatsächlich wieder hergestellt.

Gegen Mittag holte Kandor seine Sklavin in den Untersuchungsraum und legte sie auf den gynäkologischen Stuhl. Als er sie fixierte, wusste Kara, dass er sie nicht nur untersuchen würde. Kandor verstand es, eine Frau lustvoll zu untersuchen. Und als er endlich damit fertig war, lag sie bebend vor ihm und bettelte darum, dass er sie nahm.

Zufrieden mit ihrer Reaktion auf ihn, drang er mit seiner Männlichkeit tief in sie ein. Kandor genoss den Körper seiner Sklavin und vergaß die Welt um sich herum. Sein Leben bestand aus seiner Lust und der Frau, an der er sie stillte. Nach einer gefühlten Ewigkeit unterbrach er das lustvolle Treiben – aber nur, um mit Kara in sein Haus zurückzukehren.

»Oh, wie schön!«, freute sich Kandor. »Mein Samen tropft aus deiner Scheide und du bist so durchgefickt, dass du nicht mehr richtig laufen kannst. Die Männer, die vor dem Haus Wache halten, haben deine lustvollen Schreie gehört und sind auf das Höchste erregt. Das Schönste aber ist, dass *ich* dich persönlich in diesen Zustand gefickt habe. Mein Ansehen wird bei den Soldaten steigen.«

Als sie versuchte, sich von ihm zu befreien, ließ er es nicht zu.

»*Ich* bin stolz drauf, und *du* solltest es auch sein«, sagte er streng.

»Ihr seid verrückt«, sagte Kara. »Ihr seid völlig verrückt hier. Das Leben besteht aus viel mehr, als eine Frau, die zufällig gerade da ist, bis zur Besinnungslosigkeit sexuell zu benutzen. Ihr könnt das nicht einfach machen. Das ist nicht fair.«

»Doch, das können wir. Und das kann ich, Kara. Denn du bist allein zu diesem Zweck bei mir. Und ich werde es tun, denn genau das gefällt mir. Ihr Frauen von der Erde seid verklemmt. Ihr wehrt euch mit dem Kopf, aber euer Körper sagt etwas anderes.«

Kara öffnete den Mund, um etwas zu sagen.

»Schweig, Sklavin. Ich bin höchst zufrieden, zerstöre nicht mit zänkischen Worten dieses wohlige Gefühl in mir«, verlangte er.

Kandor trug seine Sklavin den Weg nach Hause. Nackt wie sie war, hielt er sie in den Armen und sie drückte ihr Gesicht an seine Brust. Sie fühlte, dass ihr Saft und Kandors Samen aus ihrer Scheide tropfte. Und sie roch es. Aber hatte Kandor ihr nicht einmal gesagt, die Soldaten hätten einen äußerst ausgeprägten Geruchssinn? Sie wagte nicht, aufzuschauen und vergrub ihr Gesicht an Kandors Brust.

»Du hast ihr ganz schön eingeheizt, Kandor«, sagte ein Mann, dessen Stimme Kara nicht kannte.

»Sie lernt noch, ich schone sie also noch«, sagte Kandor und grinste.

»Sie ist nicht leise«, lachte ein anderer Mann.

»Das will ich auch nicht«, konterte Kandor und ging weiter, ohne sein Tempo zu verringern. »Sie benimmt sich genauso, wie ich es von ihr verlange.«

»Das waren einige Stunden«, lachte ein dritter.

Erst jetzt registrierte Kara, dass es Nacht war. Dunkle Nacht.

»Ja, ich hab abgebrochen, weil wir es zu Hause bequemer haben«, sagte Kandor ruhig und ging weiter, als wiege sie nichts.

»Vermietest du sie?«, fragte eine weitere Stimme.

»Nein!« Kandors Stimme war plötzlich hart. »Sie gehört mir. Wenn du eine Sklavin willst, bewirb dich beim Rat.«

»Ich habe mich bereits beworben und ich habe eine Sklavin zugesprochen bekommen. Aber nachdem ich euch zugehört habe, während ich hier Wache stand, sind meine Eier voll wie noch nie und mein Schwanz ist hart, als wäre er aus Stein.« Der Mann schien zu grinsen.

»Du weißt, dass es ein Haus gibt, wo du dich erleichtern kannst«, meinte Kandor.

»Das ist heute ausgebucht«, sagte ein anderer.

»Wann kommt der nächste Shuttle?«, fragte Kandor.

»Erst in drei Tagen«, sagte einer der Männer, die sie umringten.

»Stehst du auf der Liste, Renor?«, fragte Kandor.

»Ja, den Göttern sei Dank.«

»Dann wirst du es ertragen, zu warten. Bring die Sklavin, die du für dich bestimmst, zu mir in die Praxis, sobald sie dir gehört. Ich werde dich vorziehen und sie sofort untersuchen, damit du mit ihr verfahren kannst, wie es dir gefällt. Das ist das einzige Zugeständnis, das ich dir machen kann. Deine Hoden sollen ja nicht zu lange hart sein.«

Die Männer lachten.

Renor klopfte Kandor auf den Rücken. »Schon verstanden, alter Freund. Ich werde als Erster bei dir sein. Jetzt aber kneble sie, solltest du mit ihr weitermachen. Sonst werden hier alle verrückt!«

»Mach ich«, grinste Kandor.

Endlich waren sie im Haus und Kandor legte sie auf den Küchentisch. Er machte kein Licht.

»Sie werden an den Fenstern stehen, die an der Straße liegen«, sagte er.

»Ich kann nicht mehr«, keuchte Kara, als er hart in sie eindrang.

»Du bist meine Sklavin, Kara. Ich kann noch und ich will noch Sex mit dir haben. Du musst lediglich ertragen, dass ich endlich uneingeschränkt meine Lust auslebe«, knurrte er und drang tiefer in sie.

Sie biss sich auf die Lippen und ertrug stumm seine Lust.

»Sie hätten dich alle genommen, hätte ich es gestattet«, sagte er.

»Das hätte ich nicht ertragen ...«

»Das musst du auch nicht, denn du gehörst mir. Mir allein, Kara. Du wirst dich jetzt still verhalten«, verlangte er streng.

Sie keuchte auf, als er sich in ihr bewegte.

»Wärst du noch fruchtbar, hätte ich dich mit Sicherheit noch einmal geschwängert«, flüsterte er an ihrem Ohr.

Ihr Zittern zeugte davon, dass sie ihn verstanden hatte.

Endlich waren sie in seinem Bett gelandet.

»Du hast gut gearbeitet und mich großartig unterstützt. Ohne deine Hilfe wäre es wirklich eng für mich geworden. Es ist aber wichtig für dich, vorsichtig zu sein, wenn du mit Männern sprichst, Kara«, sagte er ernst zu ihr, als sie nebeneinander lagen.

»Aber, ich habe doch nur ...«, begann sie.

»Ich weiß. Du hast gearbeitet, wie du es auf dem Planeten Erde gemacht hast. Das geht hier nicht in dem Maß. Die Männer sind Soldaten und sie sind es nicht gewohnt, dass eine Frau sie anspricht oder ihnen gar sagt, was sie zu tun hätten.

Frauen antworten nur, wenn sie gefragt werden. Nie stellen sie eine Aussage eines Mannes in Frage«, erklärte Kandor.

»Wer sagt so etwas Dummes?«

»Kara, ich hab gehört, was du mit Vandor gesprochen hast. Und ich habe verstanden, was du ihm sagen wolltest. Aber das gilt nicht außerhalb der Praxis. Ich werde es in meiner Praxis in besonderen Situationen erlauben, dass du so mit den Männern redest. Aber wenn wir nicht im OP sind oder du gerade niemanden bei der Geburt unterstützt oder sonst etwas Lebensrettendes machst, dann wirst du schweigen und meinen Anweisungen gehorchen«, verlangte er.

Kara wollte gerade aufbegehren, da fiel ihr auf, dass er sie schützen wollte.

»Ist in Ordnung, Kandor. Das nächste Mal werde ich das bedenken. Ich verspreche es«, antwortete sie.

Kandor hob die rechte Augenbraue. »Du versprichst es? Du versprichst es einfach so?«, fragte er ungläubig.

»Ja.«

»Du lernst«, sagte er anerkennend. »Das freut mich sehr.«

Sie schmiegte sich an ihn.

»Vandor wurde nicht mehr zurück in das Straflager geschickt. Er wird in drei Tagen mit dem nächsten Trupp in den Einsatz gehen. Er hat diese Strafe gern auf sich genommen. Er wird zwei Einsatzzeiten dort bleiben. Das ist hart, denn auf dem Planeten, wo er hingeschickt wird, ist das Leben schwer. Noch mehr der Kampf«, berichtete Kandor seiner Sklavin.

»Aber, er ist doch ...«

»Nein, Sklavin. Er ist nicht mehr verletzt. Er ist gesund«, unterbrach Kandor sie.

»Was ist auf dem Planeten, auf dem er eingesetzt ist?«

»Krieg, Kara. Dort, wo er hingeschickt wurde, ist Krieg.«

***

Vandor kehrte nach drei Monaten, statt nach eineinhalb, zurück und seine Ehre galt als wiederhergestellt. Kara hatte es vernommen und irgendwie freute sie sich darüber.

Sie hatte sich in Kandors Praxis gut eingelebt. Die Tage, an denen ein Shuttle landete, verbrachte Kara bei Enza und ihren Kindern. Sie merkte immer, wann ein Shuttle angekommen war, erkannte es an Kandors Gier nach ihrem Körper, nachdem er einen Tag lang die neuen Sklavinnen untersucht und behandelt hatte. In der darauffolgenden Nacht war seine Leidenschaft immer stärker und wilder als sonst.

***

Als bei Kara die Wehen einsetzten, brachte Kandor sie in die Praxis.

»Bitte, Herr, nicht auf den Untersuchungsstuhl«, bat Kara.

»Aber ich kann dir dort besser helfen.«

»Bitte, nicht dort ...«

»Wieso willst du das denn nicht?«

»Weil ... Ich will nicht ... auf diesem Ding sterben, Herr«, gestand sie verzweifelt.

»Du hattest keine Komplikationen in der Schwangerschaft. Es wird alles gut gehen«, sagte Kandor ruhig.

Doch er legte sie auf das Bett, auf dem auch Vela entbunden hatte. Augenblicklich beruhigte sich Kara. Sie brauchte zwei Stunden, bis ihre Kinder geboren waren. Auch sie schenkte Kandor einen Sohn und eine Tochter. Und Kandors Herz ging über vor Freude.

»Die ersten von vielen, Sklavin«, sagte er stolz.

»Du solltest nicht übertreiben, Kandor«, antwortete Kara erschöpft, aber glücklich.

Kandor sah sie lächelnd an und nahm sich vor, hart daran

zu arbeiten, dass sie so bald wie möglich erneut seine Kinder tragen würde. Oh ja, zwei Kinder waren ein wunderbarer Anfang für das, was er sich von Kara wünschte …

Weitere erotische Geschichten:

Kate Lee
Unersättlich

In einer fernen Zukunft flieht die Hirdanerin Loreley mithilfe eines einflussreichen Konzernchefs von ihrem Heimatplaneten, um endlich die sexuellen Abenteuer zu erleben, von denen sie immer geträumt hat. Unglücklicherweise kann der Sex mit ihr für Menschen tödlich enden, da sie ihren Liebespartnern beim Geschlechtsakt reichlich Lebensenergie entzieht.

Um sie aufzuhalten und in ihre Heimat zurückzubringen, beauftragt man den berüchtigten Söldner Balthasar mit der Jagd nach ihr.

Indessen versucht Loreley, auf einem Kreuzfahrtschiff zur Erde zu gelangen, um dort als Gegenleistung für ihre Flucht einen Auftrag zu erfüllen. Doch Balthasar hat ihre Spur schon aufgenommen. Allerdings gestaltet sich die Verfolgung schwierig, denn die Hirdanerin ist in der Lage, ihre Gestalt zu verändern ...
Gelingt Loreley am Ende die Flucht? Wird sie ihre sexuelle Erfüllung finden?

M.C. Steinway
Satisfaction on Demand 1

Die Welt, wie wir sie heute kennen, existiert nicht mehr. Männer sind in der Minderzahl und Frauen bedienen sich ihrer Stärken - Kraft, körperliche Überlegenheit, Zeugungsfähigkeit - oder nutzen sie zur Befriedigung ihrer Lust. In der Zukunft dienen die Männer den Frauen.

Satisfaction on Demand - Strictly Forbidden entführt den Leser in die Welt des jungen Janus. Als der erfolgreiche Satisfactor auf die Jungfrau Fleur trifft, die durch ihn in den Kreis der sogenannten Geberinnen aufgenommen werden soll, stellt sie alles auf den Kopf, woran er bisher geglaubt hat. Seine Gedanken sind nicht mehr nur schwarz oder weiß, sondern plötzlich bunt. Auf einmal ist Sex keine Dienstleistung mehr, sondern ein Akt der Liebe. Ihre Gefühle füreinander sind von einer tiefen Zärtlichkeit geprägt. Aber Liebe oder eine richtige Beziehung sieht das System der Frauen nicht vor - als Satisfactor ist Janus dazu bestimmt, jeder Frau zu dienen. Verstöße werden hart geahndet. Fleur bedient sich einer List, um die Vorschriften zu umgehen. Doch das Unheil droht von einer ganz anderen Seite ...